一笑

古龍著

國際學術研討會

古龍武俠小說 領先時代半世紀

【記者賴素鈴／報導】江湖代有才人出，這廂古龍凋零二十載，那廂今朝懸賞百萬獎新秀，浪淘不盡，唯有武俠熱愛，不隨時間變易，在學術研討會上更見分明。以「一代鬼才：古龍與武俠小說」爲主題，淡江大學第九屆文學與美學國際學術研討會昨起在國家圖書館，展開爲期兩天的議程，紀念武俠小說家古龍逝世二十周年，新生代學者與古龍故舊齊聚一堂，以文論劍話武俠。

日前與淡大中文系教授林保淳共同發表《台灣武俠小說發展史》，武俠小說評論家葉洪生昨天在專題演講中，直批胡適1959年底發表「武俠小說下流論」是「胡說」，學界泰斗的不當發言以及隨即展開的「暴雨專案」，反而促成1960年起台灣武俠新秀的繁興，「武俠小說迷人的地方，恰恰在門道之上。」，葉洪生認定，武俠小說審美四原則在文筆、意構、雜學、原創性，他強調：「武俠小說，是一種『上流美』。」

集多年心血完成《台灣武俠小說發展史》，葉洪生認爲他已爲從十歲起迷上武俠小說的半世紀畫上完美句點，並且宣布他「以後決心退出武俠論壇，封劍退隱江湖」。

雖然葉洪生回顧武俠小說名家此起彼落，套太史公名言「固一世之雄也，而今安在哉？」，認爲這是值得深思的嚴肅課題，昨天意外現身研討會而備受矚目的溫世禮，則爲了紀念同是武俠迷的哥哥溫世仁，推出第一屆「溫世仁武俠小說百萬大賞」，即日起至今年10月3日截止收件，經兩階段評選後於明年12月7日公布首獎得主，預料將會是一場武林新秀的龍虎爭霸戰。

看明日誰領風騷？風雲時代出版社發行人陳曉林眼中的古龍，其實領先他的時代半世紀，以致如今雖然古龍逝世20年，陳曉林認爲大家對古龍的了解仍然有限，預言未來世代更能和古龍的後設風格共鳴。

昨天這場研討會，也凸顯武俠小說作爲一項文學研究門類，仍有待開發學習空間。多位與會者都指出，武俠小說的發表、出版方式和管道具考證難度，學術理論與論文格式的建立待加強。而武俠名家的版權之爭、市場競爭力，也增加出版推廣困難，古龍武俠小說的版權糾紛、司馬翎作品的版權官司也成爲研討會的場外話題。

與

武俠小說

第九屆文學與美
一代鬼

古龍兄為人慷慨豪邁、跌蕩自如，變化多端，文如其人，且複多奇氣，惜英年早逝。余與古兄當年交好，且喜讀其書，今既不見其人，又無新作可讀，深自嘆惜。

金庸

一九九六．十．十一．香港

白玉老虎

(上)

【導讀推薦】

復仇的路有多長——責任與理念共構的人文生態

——《白玉老虎》導讀

《白玉老虎》的結集出版是在一九七六年，其寫作和連載當在此前。這是古龍創作的鼎盛時期，亦其作品出版的大收穫時期。羅立群兄所撰《古龍武俠小說出版年表》上列於該年印行的作品即有《陸小鳳傳奇》、《邊城浪子》、《血鸚鵡》、《大地飛鷹》等九種約四百萬字，不少是古大俠全盛時期的代表作。于東樓先生稱《白玉老虎》非古作中上品，的是確評。然該書又確確自有佳勝處，是一部很好看的書。小說沿襲的當然仍是武俠套路，而作者藉武俠摹寫人性與感情，探索人生的哲理，實在亦引人深思。讀者切勿輕易放過。

一、復仇的路……

《白玉老虎》演繹的是一個復仇故事，一個武林中常見的為父報仇的故事。主人公趙無忌新婚大喜的日子，也是喪父大悲的日子。作為死者唯一的兒子，作為一個視尊嚴信譽重於生命的男子漢，趙無忌義無反顧地踏上了復仇的路。他的情感由豐富化為單一，他的生活由多彩化為簡樸，他的靈魂和肉體、思維和行動都凝聚在兩個字上，那就是「復仇」。

復仇的路有多長？

可謂路途漫漫，遠逾天涯。自小說第二章始，無忌就踏上了這條路，至八十餘萬言的小說結束，無忌仍在路上，仍要走去。其間他去過上官堡，登過九華山，兩番在廖八的賭場豪賭，最後則歷盡艱險進入唐家堡。他先要確定仇人，再要征服會找人的人（軒轅一光），還要利用收留了仇人的人（唐玉與唐缺），最後才見殺父的仇敵。這條復仇的路剛剛算是見到終點，未成想生父的一紙遺囑，又使他延伸向無限遠。復仇的路有多長？作者未言，讀者自可去懸想假設，總之，在本書收束的時候，這條路似乎才剛剛起始。

復仇的路有多苦？

趙無忌本是一個門第顯赫的武林世家子弟，是一個敢愛敢恨的，情感外露、瀟灑出尖的年青俠客，有幾分任性情，有幾分紈褲氣，重然諾，講信譽，寶刀名駒，往來如風，日子過得很是快意。

然自從選定了復仇的路，他也就從人生況味中單拈出「苦」。夫妻分張之苦，兄妹離散之苦，有家難回之苦，九華修練之苦……更難忍受的是素來笑罵由心、狂放不安的他，要處處謹小慎微，面無表情，任憑「心火」在胸中奔突運行。復仇，扭轉甚至改變了趙無忌的性情。

復仇的對象是仇人，則仇人在何方，復仇之路就通向何方。當仇人定爲上官刃時，復仇之路便通向上官堡；當得悉上官刃的藏匿地點時，復仇之路便通向唐家堡，唯在最後一刻，當無忌終於明白上官刃不是仇人而是處處護佑自己的恩人和長輩時，當他終於明白趙簡不是被殺而是自盡捐軀時，復仇之路又通向何方？

全書結束時，趙無忌的復仇之路並非到了盡頭。他可以設定新的仇人，實質上唐門正是一個邪惡的野心勃勃的武林門派，是大量惡行的淵藪，粉碎唐家堡，是大風堂老一輩俠義疲乏的目標，無忌也早已把唐門當做復仇對象，只不過更單一而已。這時，一己一家之私仇昇華為正邪之戰，為血親復仇昇華為誅奸除惡之戰，濺血五步、快意恩仇的武林道理也就昇華為掃除邪惡的社會公理，境界與襟懷都大為進步。然則，這還是當初那條復仇之路嗎？復仇的路，必然的目的地是死亡。或者是尋仇者，或者是害人者，總歸必須要有死亡，血債血償，只有死亡才是復仇之路的終點，這似乎是公平的。然不盡公平的事情也有發生，復仇之旅中還會有許多意外的死亡，還會有許多無辜的犧牲，還會無端奪去一些活潑潑的生命。

如本書中在唐家堡忍辱負重、潛伏極深的小寶，其為無忌的草率付出了生命代價，尤其令人痛惜！

仇人相見，分外眼紅。眼紅之時也正是極不理智之時，故復仇之路上是極易發生誤會、產生悲劇的。設若憐憐死在無忌的劍下，設若無忌在上官刃轉身救女時冷然一劍，那將是怎樣一種遺憾！

二、責任重負下的生存狀態

當一個人選定「復仇」為其生存的唯一或曰終極目標，同時更也選定了與眾不同的生存狀態。本書所展現的正是「復仇」重壓下的性格扭曲和生存變異。

復仇是武林中鐵的法則。父母之仇，不共戴天。作為人子如果不去為父母報仇雪恨，在江湖上便再無立身之地。趙無忌新婚之日而父親橫死，從感情和道義兩方面講，他都別無選擇。

大哭數日，擇定爲父復仇的同時，他也擇定了一種全新的生存狀態，這是一種決絕的人生選擇，是以生命爲賭注的人生選擇。

首先他訣別了新婚的妻子，訣別時那樣平靜，竟沒有絲毫溫情。復仇的重負在肩，已使他無法再承受更多的擔荷，已使他無法再享有生活之愛和夫妻之情。復仇的情緒是排他的，亦是熾烈的，足以焚毀當事人的一切正常感情。這就是爲什麼在九華秘窟中他對苦苦來尋覓自己的妻子視若不見，是「復仇」抑制和沖刷了他心底的愛。

其次，他訣別了舊日的生活和家園，開始隱姓埋名、改變形骸，開始千方百計地去追求極端的武功，開始把自己的生命乃至靈魂抵押給怪誕的異人，只要能報仇，只要能學到報仇雪恨的本領，一切都在所不惜！

再其次，他以賭博營造生存內容和復仇手段，贏得了「行運豹子」的聲名，並以此勾來賭癡軒轅一光，以此來瞭解上官刃的下落。而後更是處處以性命爲賭注，與唐玉相交是以命相搏，送唐玉入蜀更是以命相搏，進唐家堡無處不是如此，命如懸旌，身似浮萍，生死呼吸，屢涉大險，若非上官刃和小寶等人的保護，早已暴露本相。

責任心是人類一種可貴的情感類型，也是一種巨大的精神付出。趙簡是有責任心的，爲此付出了生命的代價，卻是一種深思熟慮後的冷靜選擇；司空曉風是有責任心的，他義無反顧地承擔著三人的擔子，又要盡可能地去保護戰友之子；上官刃更是有責任心的，他選擇的是更有難度的潛伏，背負的是叛逆之惡名，一旦反間不成，惡名則可能在死後也洗滌不去。然他們的付出又與無忌不同，後者趙簡在設計自己死亡的同時已考慮了兒子的反應，故意設定在他的婚期，將無忌的強烈感情反應列為反間計劃的組成部分，且以此來印證上官刃的投敵之實。這種設計是縝密且令人尊敬的，然對於一無所知的趙無忌來說，這公平嗎？

白玉老虎是一個信物，它傳遞的是父親的囑託，更是一種近乎神聖的責任。但已不是為父復仇的私恨，而是一種兩代人共同承擔的理念。如果說無忌的生存狀態已為此改變和扭曲，則上官刃和司空曉風、衛鳳娘、千千和上官憐憐，莫不如此。

三、誰是正義的一方

天地間有正邪兩賦，武林中也有正邪兩途。中國文學傳統中武俠一支可謂源遠流長，又向來視忠奸正邪為根本，正者雕一忠貌，邪者繪為奸形；正者大義凜然，救國拯民，邪者殘忍嗜殺，狗偷鼠竊。傳至近當代，舊、新武俠小說的代表人物莫不如此。

然則事物和事件又往往是複雜錯綜的。善惡正邪，真正區分起來也難。邪派人物或有善行義舉，正派營壘中亦不乏一絲邪念。且不說江湖中是非難論，武林裡龍蛇混雜，且不說許多門派的判分正邪之尺度原也胡鬧，且不說武林門派大多是亦正亦邪的，種種不一難以論列。即如此書中所敘對立兩派，大風堂和唐家堡，從命意、武功到頭面人物的描寫上，都彷彿見出作者的傾向，唐家堡的暗器和武功智計亦在在透出邪僻，可兩者之間的爭鬥仍在於地盤的爭奪，仍在於爾虞我詐，互相顛覆，都算不上正大光明。

趙簡以項上頭顱為反間信物，雖為滿腔義烈，然所謀則並不高尚。這個故事仿自戰國時「荊軻刺秦王」的史實，荊大俠也因此入「刺客列傳」。然這卻是一次難論是非的陰險暗殺。

「風蕭蕭兮易水寒，壯士一去兮不復返」，何悲壯也！卻是一次妄圖以陰謀暗殺阻止國家一統的歷史反動，是荊軻行爲自身的英雄氣概沖淡了其逆動色彩，在千古傳誦中漸漸被神化。至於那位甘願割掉腦袋的樊將軍，勇氣和犧牲精神都固然可敬，畢竟是一種無意義的犧牲。

再回到書中，趙簡的腦袋做了上官刃投奔唐家的一紙路引，上官刃的隱蔽功夫和反偵察能力也大勝荊軻(由無忌入堡遭遇可以想見上官刃必也經歷了嚴苛的檢查）。他開始在唐家堡位置漸重，進入核心，一切似乎有了些希望。但也只能說是希望，地室中的雷震天之遭遇，就是先例。

復仇似乎是天經地義的，復仇的行爲驚心動魄。然復仇帶來的是另一個災難，是新一輪復仇的開始。於是冤冤相報，無始無休。於是又產生一個更歹毒的辭彙——斬草除根。這是一代代復仇者的經驗總結，是一個瀝血而刻毒的辭彙。

在江湖仇殺、武林報復中，在汩汩流淌的血河中，正義是微弱的。

四、生命和生活是美麗的

如前所述，本書主人公的生命和生活都在復仇重壓下而失衡，而變態。於是雖然有燦燦的春陽，卻沒有春日的詩情和詩意；雖有生情萌欲的青春之軀，卻沒有火一般燃燒的愛情；雖有時愛的渴念和苦求，卻沒有綻放出愛的光華；雖有兩性之間的遇合，卻沒有任何的心靈溝通……

這真是一幅讓人憋悶的生態變形圖。趙無忌的生命本來是常態的，其充滿青春生命張力的生活也是絢麗的，這在短短的第一節他與香香的相會可以見出。他對新婚的憧憬，對未來生活的期待亦可由此設想。但很快發生的悲劇改變了他的精神狀態，也改變了他的生活狀態，甚至從內心到容貌改換得極爲徹底，有血有肉的趙無忌自那天起便成了復仇的工具。

待故事進展到最後，白玉虎碎，真相大白，復仇原來是一篇命題作文，仇人原來是父親的戰友，讓無忌難以承受，又不能不承受。曲終而人未散，幸無忌未瘋，憐憐猶存，金童玉女聚集在上官刃的令旗下，潛伏在強敵的心臟裡，必會有一番作爲。

誤會已解，而責任未去，趙無忌與憐憐能過上常態的生活麼？

怕不能。上官刃不能，無忌與憐憐亦絕無可能。

作者爲什麼要給我們這樣一個壓抑的故事？爲什麼要藉此寫如此變態的人生？作爲信物的爲什麼要是只白玉老虎？玉虎又爲什麼記憶著這樣一個紙片？鳳娘爲什麼要受到無忌的冷面？憐憐爲什麼要撲向無忌的劍鋒？

作者自稱「這故事寫的是一個人內心的衝突」，很精彩，然並不準確。這故事寫的是復仇情緒下的人性變異和扭曲，是一個可怕的夢魘，呼喚的則是正常的生活。

生命是永遠鮮活的。

生活是永遠美好的。

中國武俠文學會副會長、南京大學教授
卜鍵

古龍精品集 13

白玉老虎（上）

目・錄

古龍精品集⑬

白玉老虎（上）

第四章

目・錄

一 黃道吉日

奪命更夫

一

三月二十七日，大吉。
諸事皆宜。

趙無忌倒在床上。

他快馬輕騎，奔馳了三百里，一下馬就衝了進來，進來就倒在這張床上。
又香又軟的床。

這是香香的床，香香是個女人，又香又軟的女人，每次看到趙無忌的時候，總會笑得像糖一樣甜蜜。

窗外陽光燦爛，天氣晴朗，風中帶著花香。

趙無忌看看窗外的一角藍天，終於緩緩吐出口氣，喃喃道：「今天真是個好日子。」

香香今天居然沒笑，只淡淡的說：「今天的確是個好日子，殺人的好日子。」

趙無忌用一隻手支起了頭，看看她：「你想殺人？」

香香道：「只想殺一個人。」

趙無忌道：「殺誰？」

香香道：「殺你！」

趙無忌並沒有被嚇一跳，反而笑了，笑得好像還很開心。

香香咬著嘴唇，道：「我本來真想殺了你的，可是我再想想，今天你居然還想到來看我，已經算很不容易。」

趙無忌道：「你知道？」

香香道：「我當然知道，今天是趙公子大喜的日子。」

她美麗的眼眸裡忽然有了淚光：「我也知道趙公子今天到這裡來，只不過是爲了要告訴我，從今以後，他跟我已經一刀兩斷了，就算我以後還會看見他，也應該把他當成陌路人。」

趙無忌不能否認，也不能不覺得有點難受：「我還帶了樣東西給你。」

他從身上拿出串珍珠：「這是我答應給你的，我還沒有忘記。」

珍珠晶瑩圓潤，就好像少女們純情的淚珠一樣。

香香接過來，輕輕撫摸，喃喃道：「我知道你一定會帶來給我的，你一向是個很有信用的男人。」

她居然沒有流淚。

可是她的手已經在發抖，忽然跳起來，用力將這串珍珠往趙無忌的臉上砸過去，大聲道：「可是誰稀罕你這串臭珠子，誰稀罕你這個小王八蛋。」

珠串並沒有打到趙無忌的臉，卻由窗口飛了出去。

趙無忌又笑了：「小王八蛋多少總有點好處的。」

香香跳起來，道：「有什麼好處，你說！」

趙無忌道：「小王八蛋至少總比老王八蛋好，也比死王八蛋好。」

他想讓香香也笑一笑。

他們之間，雖然並沒有什麼條件和誓約，但是分離畢竟總是難免要令人悲傷。

他一直希望他們在離別的時候還能笑一笑。

香香還沒有笑出來，剛才被她擲出窗外的那串珍珠卻飛了回來。

接著，「奪」的一聲響，一根三尺六寸長的箭，將這串珍珠釘在柱子上。

箭桿上，銀光閃閃，箭尾的銀羽還在顫動，窗外，又有根短箭飛來，釘在這桿箭上。

長箭雖強，短箭更準。

香香看呆了。

像這樣的箭法，的確不是時常能看得到的。

趙無忌的笑立刻變成了苦笑，嘆息著道：「我的債主們終於來了。」

香香變色道：「他們來幹什麼啊？」

趙無忌道：「債主當然是來討債的，你難道看不出今天也是討債的好日子！」

二

這裡是個小樓，現在正是春天。

小樓外春光明媚，百花齊放，有的鮮紅，有的嫩綠，有的鵝黃。

兩個黑衣人站在鮮艷的花叢間，一男一女，一少一老。

少年人是條身長八尺的壯漢，老婦人的背已駝了，一雙眼睛卻仍閃閃發光。

兩個人，兩把弓，金背黑胎，一長一短。

香香站在小樓上的小窗旁，忍不住問：「這兩個人是誰？」

趙無忌說道：「是黑婆婆，跟她的兒子。」

香香道：「黑婆婆是什麼人？」

趙無忌道：「是個可以用一枝箭射中十丈外蒼蠅眼睛的人。」

香香臉色變了，道：「這駝背的老太婆，有這麼厲害……」

趙無忌道：「她的兒子雖沒有她準，可是兩膀天生的神力，只要他高興，隨時都可以把並排站著的兩個人射個對穿。」他嘆了口氣接著道：「金弓銀箭，子母雙飛，這母子兩個人，誰看見，誰倒楣。」

香香道：「可是，你偏偏欠了他們的債？」

趙無忌苦笑，說道：「我一向都很倒楣。」

香香道：「你欠了他們什麼？」

趙無忌道：「欠了他們兩個人。」

香香不懂，道：「怎麼會欠他們兩個人？」

趙無忌道：「有一次我半夜從明湖春喝了酒出來，看見有兩個小姑娘在前面逃，他兒子在後面追，有個小姑娘已中了一箭，不停的在喊救命！」

他又嘆了口氣，道：「看見那麼樣一個大男人在追小姑娘，我當然要拔刀相助，替她們擋了一陣，讓她們逃了。」

香香道：「後來呢？」

趙無忌道：「後來我才知道那兩個小姑娘根本不是小姑娘。」

香香更不懂，問道：「不是小姑娘是什麼？」

趙無忌道：「是男人。」

香香傻了。

趙無忌道：「江湖中有幫叫『一窩蜂』的採花賊，專門喜歡扮成小姑娘。」

香香道：「那兩個小姑娘，都是採花賊？」

趙無忌點頭苦笑：「幸好這母子兩個人總算還看得出我不是採花賊的同夥。」

香香道：「他們當然也不會就這樣放了你。」

趙無忌道：「他們給了我三個月限期，叫我把那兩個採花賊抓回來。」

香香道：「現在限期已經到了？」

趙無忌道：「快到了。」

香香道：「你有沒有替他們把人抓回來？」

趙無忌道：「還沒有。」

香香看著他，搖頭嘆氣，道：「這世上有種人好像總喜歡把蟲子捉來往自己頭髮裡放，你爲什麼偏偏就是這個人？」

趙無忌道：「只有一兩隻蟲子倒也沒有什麼關係。」

香香道：「你頭髮裡還有什麼？」

趙無忌嘆道：「好像還有五六隻蠍子，七八條毒蛇。」

香香沒有再問。

她已經嚇得聲音都啞了。

她已經看見了好幾條毒蛇！

毒蛇在一個破麻袋裡，從破洞裡伸出了頭，吐著紅信。

麻袋在一個人背上。

一個奇形怪狀的人，不但鼻子缺了半個，耳朵也被咬得完全不像耳朵，一雙眼睛裡滿佈血絲，就像是毒蛇的紅信。

可是他身上卻偏偏穿著件大紅大綠、五顏六色的袍子，更讓他顯得說不出的詭秘可怖。

有條毒蛇已爬上了他的肩，盤住了他的脖子，伸出紅信舐他的臉。

他好像連一點感覺都沒有。

香香卻已經有感覺了，香香差一點就吐了出來。

「這個人也是你的債主？」

「嗯。」

「你欠他什麼？」

「欠他五條蛇！」趙無忌嘴裡好像也有點苦水：「五條最毒的蛇。」

香香有點不服氣了：「你救了那兩個採花賊，是你的錯，像這樣的毒蛇，你就是再多殺他幾條也是應該的，爲什麼要還給他？」

趙無忌道：「因爲他就是毒菩薩。」

香香道：「毒菩薩？」

趙無忌道：「他雖然滿身都是毒，可是他的心卻像菩薩一樣。」

香香道：「菩薩也養蛇？」

趙無忌道：「別人養蛇，是爲了害人，他養蛇卻是爲了救人。」

他知道香香不懂，所以又解釋：「只有用毒蛇的唾液和血煉出來的藥，才能解毒蛇的毒。」

香香又道：「你欠他的那五條毒蛇呢？」

趙無忌道：「那五條蛇都是異種，他在滇邊的窮山惡水之中找了三年，才總算把這五種毒物抓齊了。」

香香道：「抓齊了又有什麼用？」

趙無忌道：「用這五種毒蛇的唾液，就可以合成一種藥，能解百毒，但是卻一定要在牠們活著的時候，讓牠們自己吐出來的毒液才有用。」

香香道：「我聽說毒蛇只有在咬別人的時候，才會把自己的毒液吐出來。」

趙無忌道：「不錯。」

香香道：「爲了要採這五種毒蛇的唾液，難道他就讓牠們去咬人？」

趙無忌道：「他只有這法子。」

香香道：「他讓牠們去咬誰？」

趙無忌道：「咬他自己。」

香香又傻了。

趙無忌道：「我看見他的時候，那五條毒蛇正咬在他身上。」

香香道：「那時你怎麼辦？」

趙無忌苦笑道：「你說，我還能怎麼辦？我連想都沒有想，就拔出劍把那五種毒蛇都斬斷了，每一條蛇，都砍成了七八截。」

香香也不禁苦笑，道：「看來你的劍法倒真不錯。」

趙無忌道：「可是我這件事卻又做錯了。」

花園裡很靜，黑婆婆和毒菩薩顯然都是很沉得住氣的人。

就在這時候，遠處忽然傳來「篤、篤」兩聲響，聲音彷彿很遙遠，又好像在耳朵邊。

聽見這聲音，黑婆婆和毒菩薩的臉色都好像有點變了。

香香道：「這是不是打更的聲音？」

趙無忌道：「是的。」

香香道：「我真的沒有聽錯？」

趙無忌道：「你沒錯。」

香香道：「現在還是白天，這個人就打起更來，是不是有毛病？」

趙無忌道：「他沒有毛病，他想什麼時候打更，就在什麼時候打更。」

香香道：「爲什麼？」

趙無忌道：「因爲他打的更和別人不同，不是報時的。」

香香道：「他打的是什麼更？」

趙無忌道：「是斷魂更。」

香香道：「斷魂更？」

趙無忌道：「只要他打過了三更，就有個人必定要斷魂。」

他臉上也露出奇怪的表情：「奪命更夫柳三更，一打三更人斷魂。」

又有更鼓響起，聲音更近了。

雖然也只不過是很普通的更鼓聲，可是現在聽在人耳裡，已變得說不出詭異。

香香忍不住問道：「現在他打的是幾更？」

趙無忌道：「兩更一點。」

香香又忍不住機伶伶打了個寒噤，道：「兩更一過，三更豈非就快要到了？」

趙無忌道：「不錯，兩更一過，三更很快就要到了。」

香香道：「他也是你的債主？」

趙無忌道：「是個大債主。」

香香道：「你欠他什麼？」

趙無忌道：「欠他一刀！」

香香道：「你還有幾個債主？」

趙無忌道：「大債主，就只有這三個。」

香香道：「他們老早知道今天你會在這裡？」

趙無忌道：「他們不知道。」

香香道：「可是他們全來了。」

趙無忌道：「是我約他們來的。」

香香幾乎叫了出來：「是你約他們來的？你爲什麼要把這些要命的債主，都約來？」

趙無忌道：「因爲欠了人的債，遲早總要還的。」

他忽然又笑了笑。「難道你看不出今天也正好是個還債的好日子？」

三

斷魂更又響了。

「篤、篤、噹。」還是兩更一點。要什麼時候才到三更？

除了奪命更夫外，沒有人知道。

柳三更慢慢的從花叢中走了出來，青衣、白襪、麻鞋、蒼白的臉。

花叢中本沒有這麼樣一個人，現在卻偏偏有這麼樣一個人走了出來。

他手裡有輕鑼、小棒、竹更和一根白色的短杖。

——難道這就是奪命更夫追魂奪命的武器？

終年不見陽光的人，臉色本就是蒼白的，這並不奇怪。

奇怪的是他的眼睛。

他的眼睛也是白色的，一種奇秘的慘白色，看不見眼珠，也看不見瞳仁。

——難道這個總是令人斷魂的奪命更夫，竟是個瞎子！

花叢外是條小徑。

彎彎曲曲的小徑，鋪著晶瑩如玉的鵝卵石。

黑婆婆和她的兒子就站在小徑旁的一叢芍藥裡。

瞎子當然看不見他們。

可是柳三更走過他們身旁時，卻忽然站下腳步，回過了頭，道：「黑婆婆，別來無恙？」

黑婆婆冷冷的看著他，過了很久，才淡淡的回答：「託柳先生的福，我們孤兒寡母，總算還沒有被人活活氣死。」

柳三更仰面向天，彷彿在沉思，也過了很久，才長長嘆了口氣，道：「這一別算來已有十三年了，日子過得好快。」

黑婆婆道：「每天都有三更時分，左一個三更，右一個三更，日子怎麼能過得不快？」

柳三更慢慢的點了點頭，蒼白的臉上完全沒有一絲表情。

「何況有時候一天還不止一個三更，左一個三更，右一個三更，有的人老了，有的人死了，日子又怎麼能過得不快？」

他嘴裡在喃喃自語，手裡用白色的短杖點著地，慢慢的向前走。

走到毒菩薩面前，他又停了下來。

他沒有開口，毒菩薩也沒有開口，麻袋裡已有兩條蛇箭一般竄了出來，完全沒有發出一點聲音。

瞎子看不見，既然沒有聲音，瞎子當然也聽不見。

可是這兩條蛇剛竄過來，他手裡的短杖已揮出，恰巧打在這兩條蛇的七寸上。

兩條蛇立刻像麻繩般憑空掉了下去，躺在地上連動都不會動了。

柳三更嘆了口氣，道：「我是不是又打死了你兩條蛇？」

毒菩薩道：「哼！」

柳三更道：「你是不是想要我賠？」

毒菩薩道：「你賠得出？」

柳三更淡淡的笑了笑，道：「那只不過是一條竹葉青、一條飯鏟頭而已，你要我賠，我隨時都可抓個七八十條給你。」

毒菩薩吃驚的看著他，神色雖變了，聲音卻很冷淡：「用不著你費心，我自己也會抓。」

柳三更道：「既然你不想要我賠，我倒有句話要勸你。」

毒菩薩道：「你說。」

柳三更道：「你捨身餵蛇，以血肉換牠們的毒液，雖然每次都能及時將蛇毒拔出來，可是多多少少總還有些殘毒留在你的血裡。」

他嘆了口氣，又道：「天毒尊者的拔毒取毒秘技，並不見得是絕對有效的。」

毒菩薩既沒有承認，也不能否認。

柳三更道：「現在你血裡的殘毒，已經有一百零三種。」

毒菩薩忍不住問：「你看得出？」

柳三更道：「我是個瞎子，怎能看得出？」

他淡淡的接著道：「可是我知道，你血裡的毒性只要再多加五種，菩薩就要變成殭屍了。」

趙無忌已走下了樓，站在燦爛的陽光裡，看著這個奪命更夫。

他心裡在問自己！

這個人究竟是真的瞎子，還是假的？

他不知道。

除了柳三更自己外，沒有人知道。

小徑上鋪著鵝卵般的圓石，短杖點在石頭上，發出的聲音很奇特。

那絕不是竹木點在石頭上的聲音，也不是金鐵點在石頭上的聲音。

這根短杖是用什麼做成的？

趙無忌也猜不出。

他抬起頭，看見柳三更已走到他面前。

三更前後

一

走到面前，趙無忌才斷定柳三更絕對是個真的瞎子。因爲他的眼珠是死的。

一個能看得見的人，絕不會有這樣的眼珠，就算裝也裝不出。

柳三更忽然說道：「你在看我的眼珠子？」

趙無忌幾乎被嚇了一跳。這個人雖然看不見，卻彷彿有雙神秘而奇異的眼睛，隱藏在他身上某處神秘的地方，任何人的一舉一動，都好像瞞不過他。

柳三更接著又道：「你要不要再仔細看看？」趙無忌實在很想再仔細看看。柳三更道：「好，你拿去看。」他竟用一隻手指將自己的一個眼珠挖了出來，他的眼睛立刻變成了個黑洞。死灰色的眼珠子，也不知是用玻璃，還是用水晶做成的，不停的在他掌心滾動，就好像活的一樣。

就算你明知這種眼珠是假的，還是難免要被嚇一跳。

柳三更道：「現在你是不是已經看清楚了？」趙無忌終於吐出了口氣，說道：「是的。」

柳三更道：「你最好看清楚些，因爲這就是我做錯事的代價。」他慘白的臉上忽然露出悲痛之色，慢慢的接著道：「二十年前，我看錯了一個人，雖然被他挖出一雙眼珠子，我也毫無怨言，因爲每個人做錯事都要付出代價，無論誰都一樣。」

趙無忌道：「我明白。」

柳三更道：「你認爲你的朋友那件事是不是做錯了？」

趙無忌道：「是的。」

柳三更道：「他是不是也應該付出代價？」

趙無忌道：「應該。」

柳三更道：「就算我那一刀已經砍在他的身上，他也應該毫無怨言？」

趙無忌道：「不錯。」

柳三更道：「可是你卻情願替他挨一刀？」

趙無忌道：「我情願。」

柳三更道：「為什麼？」

趙無忌道：「因為他是我的朋友，而且已經受傷，已經不能再挨那一刀了。」

柳三更道：「你知道我那一刀有多重？」

趙無忌道：「不管多重都一樣。」

柳三更道：「你不後悔？」

趙無忌道：「我這一生，從未後悔過。」

柳三更慢慢的將那顆眼珠子裝了回去，一雙死灰色的眼珠，彷彿在凝視著他。

一雙假眼珠，能看得出什麼？

趙無忌道：「現在，你隨時都可以動手。」

柳三更道：「好。」

他的短杖本來已被挾在脅下，他一反手，就拔出了一把刀。

這短杖裡藏著刀，雪亮的刀。

趙無忌挺起了胸膛，既然已決心要挨這一刀，又何必退縮。

毒菩薩忽然道：「等一等。」

柳三更道：「等什麼？」

毒菩薩道：「他還有別的債主，你至少應該等他先還清了別人的債再說。」

趙無忌道：「欠人的債，遲早總要還的，誰先誰後都一樣。」

毒菩薩道：「你真的準備今天就把所有的債都還清？」

趙無忌道：「否則，我爲什麼找你們來。」

毒菩薩說道：「那麼，你就不是趙無忌。」

趙無忌道：「我不是？」

毒菩薩沉聲道：「我只知道一個趙無忌。」

趙無忌道：「哪一個？」

毒菩薩道：「大風堂的趙無忌。」

江湖中幾乎沒有不知道大風堂的人。

大風堂並不是一個普通的幫派，他們的組織龐大而嚴密，勢力遍佈各地。

他們所訂的宗旨卻只有四個字：

「扶弱鋤強。」

所以他們不僅令人畏懼，也同樣受人尊敬。

毒菩薩道：「大風堂的堂主雖然是雲飛揚雲老爺子，實際執行命令的，卻是趙簡、司空曉風和上官刃三個人，我知道的那個趙無忌，就是趙簡的公子。」

趙無忌嘆了口氣，道：「想不到你居然能打聽得這麼清楚。」

毒菩薩道：「你若是這個趙無忌，今天就不該在這裡。」

趙無忌道：「我應該在哪裡？」

毒菩薩道：「在趙府大廳的喜堂裡，等著別人去道賀。」

他盯著趙無忌，慢慢的接著道：「就連司空曉風和上官刃，今天都一定會趕去的，有他們在那裡，天下還有誰敢去問你要債？」

趙無忌道：「我欠了別人的債，我就要還清，而且要自己還清，和大風堂並沒有關係，和我父親也沒有關係。」

毒菩薩道：「你若真的就是這個趙無忌，今天就是你大喜的日子。」

趙無忌道：「不錯。」

毒菩薩道：「大喜的日子，通常都不是還債的日子。」

趙無忌道：「可是從今以後，我就是另一個人了，因爲我已有了自己的家室，有了妻子，自己不能再像以前那麼樣自由任性。」

他眼睛裡忽然發出了光：「我的妻子就是我終生的伴侶，我們一定要彼此互相尊敬，我不願讓她嫁給一個無信無義、只會賴債的男人。」

毒菩薩道：「所以你一定要在她嫁給你之前，把所有的糾紛都了卻，把所有的債還清？」

趙無忌道：「是的。」

黑婆婆忽然輕輕嘆了口氣，道：「我想她一定是個又溫柔、又美麗的女人，而且真有福氣。」

趙無忌道：「我能娶到她，並不是她的福氣，是我的福氣。」

黑婆婆道：「所以你一定要讓她嫁給一個清清白白、堂堂正正的人？」

趙無忌道：「一個人只要活得問心無愧，就算缺了條腿、斷了隻手，也沒什麼關係。」

黑婆婆道：「所以你雖然沒有找到那兩個採花賊，還是要約我來？」

趙無忌道：「不錯。」

黑婆婆慢慢的走過來，淡淡道：「你準備用什麼來還我的債？用你的一隻手，還是一條腿？」

她的眼睛裡在閃著光，甚至比柳三更手裡的刀光更冷！

趙無忌並沒有逃避她的目光，只問道：「你想要我還什麼？」

黑婆婆看了看毒菩薩，道：「你想要他還什麼？」

毒菩薩沉吟著，緩緩道：「普天之下，毒蛇的種類何止千百，最毒的卻只有九品。」

黑婆婆道：「這種事我當然沒有你清楚，我也懶得想。」

毒菩薩道：「他欠我的那五條毒蛇，其中有三條都在這九品之中，除了我之外，世上最多只有兩個人能將這三種毒蛇生擒活捉。」

黑婆婆道：「是哪兩個人？」

毒菩薩道：「不管這兩個人是誰，都絕不是趙無忌。」

黑婆婆道：「所以你算準了他沒法子還給你？」

毒菩薩道：「所以我本就不是來討債的。」

黑婆婆道：「你來幹什麼的？」

毒菩薩道：「來報恩。」

黑婆婆道：「報恩？」

毒菩薩道：「剛才柳先生說的不錯，我血中的毒，的確已到了極限。」

黑婆婆目光一凝，道：「你自己本來並不知道？」

毒菩薩嘆了口氣，道：「等我發覺時，已經五蛇附體，欲罷不能了。」

黑婆婆問道：「難道，是趙無忌救了你？」

毒菩薩道：「若不是他在無心之中，替我殺了那五條毒蛇，現在我只怕已成了殭屍。」

黑婆婆道：「不管他是有心，還是無心，他總算救了你一命？」

毒菩薩道：「不錯。」

黑婆婆道：「所以他非但沒有欠你什麼，你反而欠了他一條命？」

毒菩薩道：「不錯。」

黑婆婆道：「毒菩薩的這條命，總不能太不值錢的，你準備怎麼還給他？」

毒菩薩說道：「我可以替他償還你的債。」

黑婆婆道：「你要替他去把那兩個採花賊抓回來？」

毒菩薩道：「我甚至還可以加上點利息。」

黑婆婆道：「加什麼利息？」

毒菩薩道：「加上那一窩蜂。」

黑婆婆道：「你有把握？」

毒菩薩笑了笑，道：「我的毒並不是只能救人的，也一樣能要人的命。」

黑婆婆也笑了，道：「以毒攻毒，用你的毒蛇，去對付那一窩毒蜂，倒真是再好也沒有了。」

毒菩薩道：「你答應？」

黑婆婆道：「我爲什麼不答應？」

毒菩薩看看趙無忌，微笑道：「那麼我們兩個人的債，現在你都已還清。」

趙無忌再沒有說話，連一個字都沒有說。

此時此刻，你叫他說什麼？

毒菩薩道：「現在我是不是也不欠你的？」

趙無忌道：「你本來就不欠我。」

毒菩薩道：「那麼你就得答應我一件事。」

趙無忌道：「什麼事？」

毒菩薩道：「今天是你大喜的日子，你總該請我去喝杯喜酒。」

趙無忌笑了：「喝一杯不行，要喝，至少也得喝個三五十杯。」

柳三更忽然道：「你不能喝。」

趙無忌道：「爲什麼？」

柳三更道：「因爲你受了傷。」

趙無忌訝然道：「我受了傷？傷在哪裡？」

柳三更冷冷道：「我這一刀砍在哪裡，你的傷就在哪裡。」

刀還在他手裡，雪亮的刀鋒，又薄又利。

刀光照著柳三更慘白的臉，他的臉上完全沒有任何表情。
無論誰都應該看得出他絕不是個很容易就會被感動的人。
如果你欠他一刀，就得還他一刀，你絕不能不還，他也絕不會不要。
無論什麼事都絕不能讓他改變主意。

斷魂更又響了。
「篤，篤，篤」，是三更。
是用刀鋒敲出來的三更。

趙無忌手心已有了冷汗。
他並不是不害怕，只不過他就算怕得要命，也絕不會逃避。
柳三更冷冷的看著他，冷冷的問：「你要我這一刀砍在哪裡？」
趙無忌嘆了口氣，道：「難道我還有什麼選擇的餘地？」
柳三更道：「你沒有。」

二

刀光一閃，人就倒了下去。
這一刀正砍在頸上，砍得並不太重。

可是那又薄又利的刀鋒，已割斷了他左頸後的大血管，飛濺出的血，幾乎濺到一丈外。慘碧色的血。

鮮血怎麼會是慘碧色的？是不是他血裡已有太多毒？

趙無忌的血裡沒有毒。

這一刀也沒有砍在他身上。

刀光閃起，他已經準備承受，可是這閃電般的一刀，卻落到了毒菩薩左頸上。毒菩薩沒有閃避。

他並不是不想閃避，只不過等到他閃避的時候，已經太遲了。

他做夢都想不到這一刀砍的是他。

黑婆婆母子也想不到，趙無忌更想不到。

他們看著毒菩薩倒下去，看著慘碧色的血從刀鋒下濺出來。

他們雖然看得很清楚，但卻還是不明白。

趙無忌忍不住問：「你這一刀是不是砍錯了人？」

柳三更道：「我生平只錯過一次。」

他錯的當然不是這一次。自從他眼珠子被人挖出來後，他就沒有再錯過第二次。

趙無忌道：「欠你一刀的是我，不是他。」

柳三更道：「既然你欠我一刀，隨便我把這一刀砍在什麼地方都一樣。」

趙無忌道：「可是你不該把這一刀砍在他身上。」

柳三更道：「這一刀本就應該砍在他身上。」

趙無忌道：「爲什麼？」

柳三更道：「因爲今天你不能死，也不該死！該死的人是他。」

毒菩薩的人已不動了，他背後麻袋裡的毒蛇卻還在動。

一條條毒蛇蠕動著滑了出來，滑入了他的血泊中，舐著他的血，毒血。

柳三更道：「他背上，是不是有個麻袋？」

趙無忌道：「是。」

柳三更道：「麻袋裡有什麼？」

趙無忌道：「有蛇。」

柳三更道：「幾條蛇？」

趙無忌道：「除了剛才死了的那兩條外，還有七條。」

柳三更道：「現在這七條蛇是不是已全都爬了出來？」

趙無忌道：「是的。」

柳三更道：「可是現在麻袋裡一定還沒有空。」

麻袋的確還沒有空。

毒菩薩是撲面倒下去的，麻袋在他背上，毒蛇雖然已爬了出來，麻袋卻還是突起的。

柳三更道：「你為什麼不抖開來看看，麻袋裡還有什麼？」

黑婆婆搶著道：「我來看。」

她用她的金弓挑起了麻袋，立刻就有幾十粒梧桐子一樣的彈丸滾在血泊裡。

彈丸到哪裡，毒蛇立刻就遠遠的避開。

趙無忌本來就在奇怪，毒菩薩一向有伏蛇的本事，為什麼這些毒蛇在他的麻袋裡還不能安服？

現在趙無忌才知道為了什麼。

毒蛇碰到了這些彈丸，就像是人碰到了毒蛇。

黑婆婆又用金弓從血泊中挑起了一粒彈丸。

她並沒有說什麼，也用不著說，他們母子間已有了一種任何人都無法瞭解的默契。

她挑起了這粒彈丸，她兒子的弓弦已響起，「嗖」的一聲，銀箭飛來，彈丸粉碎。

她立刻嗅到了一種硝石和硫黃混合成的香氣。

柳三更道：「你嗅得出這是什麼？」

黑婆婆還在想，趙無忌已經回答：「這是霹靂！」

霹靂就是一聲驚雷，一道閃電。

霹靂既不香，也不臭，你可以想得到，看得到，卻絕對嗅不到。

趙無忌爲什麼可以嗅得出來？

因爲他說霹靂，並不是天上的驚雷閃電，而是地上的一種暗器。

黑婆婆已經是老江湖了。

她從十六歲的時候開始闖江湖，現在她已經六十一。

她嫁過三次人。

她的丈夫都是使用暗器的名家，她自己也絕對可以列名在當代三十位暗器名家之中——弓箭也算是種暗器。

可是她對這種暗器的瞭解，卻絕沒有趙無忌多。

因爲這是「霹靂堂」的獨門暗器。

霹靂堂能夠威鎭武林，至少有一半原因是因爲這種暗器。

霹靂堂的主人雷震天能夠在當代三十位暗器名家中名列第二，也是因爲這種暗器。

有關於這種暗器的一切，大風堂的子弟們在孩童時就已知道得很清楚。

因爲大風堂和霹靂堂是死敵。

他們至今還能並存，只因爲彼此誰也沒有戰勝對方的把握。

銀箭擊碎彈丸，去勢猶勁，「奪」的一聲，釘入了小樓的窗欞上，銀羽還在震動。

黑婆婆帶著讚許的眼色，看了她兒子一眼，才回過頭問：「這就是霹靂？」

趙無忌道：「絕對是。」

他有把握絕不會看錯。

黑婆婆道：「可是它爲什麼沒有傳說中那種霹靂之威？」

柳三更道：「因爲地上的毒血。」

他慢慢的俯下身，用兩根手指撿起了滾在他腳邊的一粒霹靂子。

他雖然看不見，可是聽得見。

風吹樹葉聲，彈丸滾動聲，弓弦震起聲——在他周圍三十丈之內，所發出的每一種聲音，都絕對逃不過他的耳朵。

這一粒霹靂子看起來新鮮而乾燥，就像是剛從樹上摘下來的硬殼果。

柳三更中指彈出，「嗤」的一響，手指間的霹靂子就箭一般飛了出去。

他這根手指，就像是張三百石的強弓，彈丸遠遠飛出數十丈，越過寬闊的花園，打在角落裡一塊太湖石上，立刻就發出石破天驚的一聲巨響，煙硝石末，漫天飛舞。

黑婆婆臉色變了。

她終於看見了這霹靂之威，竟遠比傳說中還要猛烈可怕。

風中又傳來那種硝石硫磺的味道，彷彿還帶著種胭脂花粉的香氣。

霹靂子中本不該有這種香氣。

趙無忌道：「這是什麼香？」

柳三更道：「你不妨過去看看。」

趙無忌用不著走過去看，臉色也已變了。

煙硝粉末已落下，落在一片開得正盛的牡丹上，鮮紅的牡丹，忽然間枯萎，一片片花瓣飄落，竟變成烏黑的。

趙無忌失聲道：「香氣百毒！」

這一粒霹靂子中，竟混合了一種帶著胭脂香氣的毒粉。

柳三更道：「若不是地上的毒血，化解了它的毒，剛才那一粒霹靂子中的劇毒，就已經足夠致我們的死命了。」

現在這一次雖然是遠在三十丈外爆發的，風向雖然並不是正對著他們，可是，他們還是感覺到一陣暈眩，彷彿要嘔吐。

柳三更道：「莫忘記毒菩薩的毒並不是只能救人的，也一樣可以要人的命！」

這一袋毒粉霹靂，本來當然是爲了準備對付去喝趙無忌喜酒的那些賓客。

能夠被趙簡請到他「和風山莊」去的人，當然都是大風堂的精英。

一盞燈的火燄，就足以引爆三四粒霹靂子，「和風山莊」的大廳裡，今天當然是燈火輝煌，也不知有多少盞燈、多少支燭。

如果讓毒菩薩也混了進去，悄悄的在每一盞燈旁擺上兩三粒霹靂子，等到燈火的熱度溶化它外面的蠟殼時，會有什麼樣的結果？

想到這裡，趙無忌全身衣裳都已幾乎被冷汗濕透。

柳三更道：「你一定想不到毒菩薩已經投入了霹靂堂。」

趙無忌的確想不到。

柳三更道：「你一定也想不到他們居然敢對和風山莊下毒手。」

他們敢這麼樣做，無異已經在向大風堂宣戰！

只要戰端一起，就必將是他們的生死之戰，戰況之慘烈，趙無忌幾乎已能想像得到。

柳三更道：「這件事縱然不成，他們損失的只不過是毒菩薩一個人而已，他並不是霹靂堂的中堅，也許他們根本沒有把他的生死放在心上。」

可是這件事若是成功了，大風堂的精英，很可能就要毀於一旦！

趙無忌握緊雙拳，道：「其實無論成不成，結果都是一樣的！」

柳三更道：「爲什麼？」

趙無忌道：「他們既然敢這樣做，想必已經有了不惜和我們一戰的決心！」

他的聲音興奮而沉重：「我們大風堂數千弟子，當然也絕不會畏懼退縮！」

大風堂只有戰死的烈士，絕沒有畏縮的懦夫！

他幾乎已能看見大風堂的子弟，在一聲聲霹靂的煙硝火石下，浴血苦戰。

這些人之中，有他尊敬的長者，也有他親密的朋友。

這些人隨時都可以和他同生死，共患難。

他自己也準備這麼做。

也許他們並沒有戰勝的把握，可是只要戰端一起，他們就絕不再問生死勝負！

他相信大風堂的子弟們每個人都能做得到！

柳三更卻忽然笑了。

這是他第一次笑，趙無忌吃驚的看著他，想不出他爲什麼會笑。

柳三更道：「我在笑你。」

趙無忌道：「笑我，爲什麼笑我？」

柳三更道：「因爲你又錯了。」

他不讓趙無忌開口，接著又道：「現在毒菩薩已死，和風山莊也安然無恙，所以這件事根本就等於沒有發生過，霹靂堂只敢派毒菩薩這種人來下手，只不過因爲他們也不敢輕舉妄動，就算有人去問他們，他們也絕不會承認這件事是他們的主意。」

趙無忌道：「可是……」

柳三更打斷了他的話，道：「大風堂和他們對峙的局面，已維持了二三十年，很可能還會再繼續二三十年，以後甚至說不定還可能化敵爲友，你現在又何必想得太多。」

趙無忌道：「我應該怎麼想？」

柳三更道：「你應該多想你那溫柔美麗的新娘子，想想那些專程趕去喝你喜酒的好朋友。」

趙無忌眼睛又發出了光。他還年輕。

他本來就是個熱情如火的年輕人，很容易被激怒，但也很容易就會變得高興起來。

柳三更道：「所以你現在就應該趕緊騎著你那匹快馬趕回去，換上你的吉服，到喜堂裡去拜天地。」

趙無忌道：「可是我……」

柳三更道：「現在你已不欠我的，也已不欠黑婆婆的，可是，你如果還不走，如果還要讓你的新娘子著急，我就要生氣了。」

黑婆婆道：「我一定會更生氣！」

趙無忌看著她，看著柳三更，忽然發現這世界上畢竟還是到處都可找到好人。

這世界畢竟還是充滿了溫暖，生命畢竟還是可愛的。

他又笑了。

他又高興了起來。

災禍畢竟還距離他很遠，充滿幸福和愛的錦繡前程，卻已在他面前。

他跳了起來：「好，我馬上就走。」

柳三更道：「可是還有件事你一定要記住。」

趙無忌道：「什麼事？」

柳三更道：「你一定要記住，千萬不能被別人灌醉。」

他又露出笑容：「新娘子絕不會喜歡一個在洞房花燭夜，就吐得一塌糊塗的丈夫。」

黑婆婆道：「一點都不錯。」她衰老的臉忽然變得年輕起來：「我記得我做新娘子的那一天，就把我那喝得爛醉的新郎倌踢到床下去睡了一夜，而且至少有三天沒有跟他說話。」

她臉上忽然又露出了紅暈，輕輕的笑道：「幸好，有些事不說話也一樣可以做的。」

柳三更大笑。

趙無忌相信他這一生中很可能都沒有這麼樣大笑過。

趙無忌當然也笑了：「我一定記住，有別人來灌我酒時，我……」

黑婆婆道：「你準備怎麼辦？」

趙無忌眨了眨眼，道：「我準備先就躲到床底下去，那至少總比被人踢進去的好。」

黑婆婆大笑，道：「這倒真是個好主意。」

三

債已還清，事情都已解決。現在時候還不晚，趕回去正好還來得及。

趙無忌心情愉快極了。

最讓他覺得愉快的一點是，香香非但沒有再留難他，反而牽著馬在門口等他。

她眼睛裡雖然難免帶著幽怨，可是至少淚痕已經乾了。

她垂著頭，輕輕的說：「你既然一定要走了，我也不想再留你，反正我要留也留不住的。」

趙無忌道：「謝謝你。」

他心裡真的覺得很感激，感激她的瞭解，更感激她的寬恕。

不管怎麼說，他總是多多少少覺得自己有點對不起她。

香香忽又抬起頭，凝視著他：「可是我知道你以後一定會再來看我的。」

趙無忌在心裡嘆了口氣，柔聲道：「我不會再來了。」

香香道：「爲什麼？」

趙無忌道：「再來也只有多添些苦惱，我又何必再來？」

每個人年輕的時候，都難免會做出荒唐的事。

年輕人又哪個不風流呢？

可是以後他已決心要做個好丈夫，他有決心一定能做得到。

香香咬著嘴唇：「可是我不信。」

趙無忌道：「你不信？」

香香道：「我不信你以後就永遠不再看別的女人。」

趙無忌道：「男人遇著好看的女人，除了真瞎子和僞君子之外，誰都難免要看看的，可是我最多也只不過看看而已。」

香香還不肯放棄，又道：「我也不信就憑她一個人，就能永遠管得住你。」

趙無忌道：「她也許管不住我，可是，我知道以後一定有個人，會幫著她來管我。」

香香道：「這個人能管得住你？」

趙無忌道：「只有他能管得住我。」

香香道：「這個人是誰？」

趙無忌道：「就是我自己。」

衛鳳娘與趙千千

一

衛鳳娘坐在妝台前，看著鏡子裡的人影，心裡也不禁對自己覺得很滿意。

她實在是個很美的女人，尤其是今天，看起來更是容光煥發，美艷照人。

因爲她平時很少會穿這麼鮮艷的衣服，臉上也很少抹脂粉。

她一向很懂得約束自己。

她知道只有一個懂得約束自己的女人，才配做趙家的媳婦。

自從她第一次看見趙無忌的那一天，她就決心要做趙家的兒媳婦。

從那一天開始，她就爲自己這一生訂下了個努力的目標。

她學女紅、學烹飪、學治家。

現在她做出來的菜已經可以比得上任何一家酒店的名廚。

她做出來的衣服，無論任何人穿著，都會覺得舒適合身。

就算最會挑剔的人，都不能不承認她的確是個理想的妻子。

她的努力也並沒有白費。

現在她總算已經進了趙家的門，已經成了趙家的人。

這並不表示她已準備做個驕縱的少奶奶了。

她決心以後還要做得更好，讓趙無忌永遠不會後悔娶了這個妻子。

趙無忌英俊、健康、聰明，脾氣雖然有點壞，卻是個很好的年輕人。

像這樣一個男人，當然會有很多女孩子喜歡他的。

她知道他以前也曾風流過。

她甚至還知道他有個叫「香香」的女孩子。

可是她已決心以後要將這些事全部都忘記，因爲她也相信他以後一定會收心的。

她看得出他是個誠實的男人，以後也一定會做個很誠實的丈夫。

能嫁給這麼樣一個丈夫，一個女人還有什麼不滿足的呢？

她只不過還有點緊張而已。

一想到今天晚上……想到洞房裡那張很大的床她的心就會跳，臉就會紅。

現在她的心就跳得好快……

可是她也並不是真的擔心這些，每個女孩都要經過這些事的，有什麼好擔心？

現在唯一讓她擔心的是，趙無忌今天一早就出去了，到現在還沒有回來。

現在天已黑了。

她不僅在擔心，已經開始在著急，幸好就在這時候，她已經聽見千千歡愉的聲音道：

「無忌回來了。」

二

趙千千是無忌的妹妹。

她也像她哥哥一樣，健康、聰明、美麗。

她不但是個有名的美人，也是江湖中很有名的俠女。

她很小很小的時候就開始學劍，大風堂中有很多高手都曾經敗在她的劍下，甚至連她的哥哥都曾經敗給過她。

雖然她也知道她哥哥是故意讓她的，還是覺得很高興。

她今年才十七歲，正是花樣的年華。

對她來說，人生正像是杯甜蜜的美酒，等著她去嚐試。

可是她也有她的心事。

一個十七歲的女孩子，又怎麼會沒有心事？

她本來一直都很開心的，直到那一天的黃昏。

那一年的春天，她一個人坐在後園，看著滿園鮮花，看著澄藍的天空、芬芳的大地，看著夕陽慢慢的在遠山後消逝。

她忽然覺得很寂寞。

一個十七歲的女孩子的寂寞，通常只有一種法子可以解除——一個可以瞭解她，而且是她喜歡的男人。她找不到這樣的男人。

因爲她一直認爲世界上真正的男人只有兩個，一個是她的父親，一個是她的哥哥。其他的男人，她根本就沒有把他們看在眼裡。

如果她有母親，她還可以向母親傾訴她的心事，不幸的是，她的母親早已去世了。

她跟她的父親始終有段距離，她唯一可以聊聊天的對象，就是她的哥哥。

現在她的哥哥已將成婚了，她知道自己以後一定會更寂寞寂寞。

多麼可怕的寂寞。

無忌一早就出去了，直到現在還沒有回來，最擔心的人就是她。

因爲只有她才知道他去幹什麼。

他們兄妹一向沒有秘密。

「我要去還債，一定要去還，可是有些債我未必還得了，如果我天黑沒有回來，很可能就永遠都不會回來了。」

她沒有拉住他，也沒有勸他。

因爲她瞭解他，知道一個真正的男人，如果決心要去做一件事，別人拉也拉不住，勸也沒有用。

她心裡一直在爲自己有這麼樣的一個哥哥而驕傲。

從黃昏的時候，她就一直在等，站在後園的角門外面等。

等到天黑的時候，她也開始著急了。

就在這時候，她看見一個人、一匹馬，瘋狂般衝入了她們家後園外的窄巷。

她還沒有看清楚這個人是什麼樣子，就已經知道這個人是誰了。

只有無忌才會這麼瘋狂，只有無忌才會這樣騎馬。

她立刻跳起來歡呼。

「無忌回來了。」

三

無忌在換衣服。

連洗個澡的時間都沒有，他就開始換衣服，換新郎倌的吉服。

他身上還帶著一身臭汗，兩條腿，不但又瘦又疼，而且內側的皮，都已被馬鞍磨破。

他騎回來的馬雖然是匹千中選一的快馬，現在卻已經倒了下去。

他還沒有倒下去，已經算很不錯了。

現在他才知道，要做一個新郎倌，可真不是容易的事。

從換衣服這件事開始，就已經很不容易。

他以前從未想到過新郎倌穿的衣服竟是這麼麻煩，比小女孩替她的泥娃娃穿衣服還麻煩！

幸好他總算還沉得住氣，因爲他知道他這一生中，最多也只有這麼樣一次。

三個人在幫他換衣服。

本來應該是三個女人的，可是他堅持一定要用男人。

三個他既不認得，也不喜歡的女人要幫他換衣服，他受不了。

只不過屋子裡還是有個女人。

雖然這個女人在他的眼中看來，並不能算是個女人，可是在別人眼中看來，她卻是個標準，漂漂亮亮，完完全全的女人，除了脾氣太壞之外，幾乎已可以算是個女人中的女人。

千千就坐在屋角裡，看著他換衣服，就坐在地上。

屋子裡就算有八百張椅子，她也不會坐，因爲她喜歡坐在地上。

她喜歡坐在地上。

就算地上有兩尺厚的泥，只要她喜歡，還是一樣會坐下去。

衣服髒，她一點都不在乎，別人說她坐沒有坐相，她更不在乎。

她跟衛鳳娘不同。

她一向只做她喜歡做的事。

無忌在搖頭。「就憑你這副坐相，看你以後怎麼嫁得出去！」

千千從鼻子裡「哼」了聲：「你管我嫁不嫁得出去？反正我也不會嫁給你！」

無忌苦笑。

子！」

他只有苦笑。

千千還不服氣：「何況像你這樣的男人都能娶到老婆，我爲什麼嫁不出去？」

無忌忍不住又要表示他的意見了：「可是你是個女人，女人多多少少總得有點女人的樣子！」

千千撇了撇嘴：「女人應該像什麼樣子？像你那個香香？」

提起香香，無忌就不說話了。

千千卻得理不饒人：「她是不是真的很香？她究竟有多香？」

她好像對這種問題很有興趣，無忌只有趕快改變話題。

「今天來的人是不是很多？」

「嗯！」

「來了些什麼人？」

「該來的人卻沒有來，不該來的人都來了。」

無忌用眼角瞟看他的妹妹：「我知道大大爺的兒子一定沒有來！」

千千忍不住問：「你怎麼知道？」

無忌故意笑得很陰險的樣子：「因爲他本來應該來的。」

千千的臉居然紅了起來。

「大大爺」，就是大風堂第一位有權力的人，江湖中人人公認的智多星司空曉風。

他的兒子叫司空曲。

司空曲對千千有意思，無論對什麼人來說都已經不是秘密。

無忌很得意。

他這一著總算讓他這多嘴的妹妹暫時閉上了嘴，可是他忘了自己也有些不是秘密的秘密。

丁千眼珠子轉了轉，忽然嘆了口氣，道：「可惜，真可惜！」

無忌也忍不住問：「你可惜什麼？」

千千道：「可惜一個人沒有來。」

無忌道：「什麼人？」

千千說道：「是一個本來更應該來的人！」

無忌道：「誰？」

千千道：「可憐的憐憐。」

無忌道：「她關我什麼事？我連她的面都沒有見過。」

千千道：「就因爲你沒有見過她的面，所以才可惜！」

她也用眼角瞟著她的哥哥：「你不一直都很想見見她長得是什麼樣子？」

無忌沒辦法否認。

他的確一直都很想見見這個「可憐的憐憐」，長得是什麼樣子。這也已不是秘密！

這個「可憐的憐憐」，就是他們三大爺上官刃的獨生女！

她的名字就叫做憐憐。

上官憐憐。

每個人都知道她是個才女，也是個美女。

可是從來也沒有人見到過她。

因爲她從小就被她父親送到黃山去了，有人說她是學藝去的。

「黃山『妙雨觀』妙雨師太的武功，最適於女孩子。」

也有人說她是養病去的。

「她天生就有種奇怪的病，就像她的母親一樣，若不能安心靜養，很可能連二十歲都活不到。」

究竟她是爲什麼去的？

從來沒有人知道，從來也沒有人問過上官刃。

上官刃一向不是容易接近的人，更不願別人提到這個問題。

他妻子的死，和他的女兒，都是他從不肯提起的事。

如果上官刃不願提起一件事，你若提起來，就只有自討沒趣。

不管你是誰都一樣。

就連大風堂的主人雲飛揚雲老爺子，都知道他的怪脾氣。

提到憐憐，無忌又只有趕緊改變話題，問道：「老頭子今天吃了藥沒有？」

這個話題，永遠是他們最關心的。

因為老頭子就是他們的父親。

「老頭子」這稱呼，絕對沒有絲毫不尊敬的意思，只不過表示他們兄妹和父親之間那種別人永遠無法瞭解的關心和親密。

在別人眼中，他們的父親也許是個很可怕的人，江湖中大多數人提起「金龍劍趙簡」這五個字心裡都會生出種接近畏懼的尊敬。

可是在他們眼裡，他不但是他們的嚴父，也是他們的慈母。

趙夫人很早就已去世，他一手將他們兄妹撫養成人。

在滴水成冰的寒夜裡，會起來為他們蓋被的是他。

在風和日麗的春晨，陪著他們在花園裡放風箏的也是他。

為了撫養這一雙子女，這位昔年以一柄劍縱橫江湖，協助他的至友雲飛揚創立大風堂的武林健者，脾氣就漸漸變了。

近年來雖然他脾氣變得更好，身體卻漸漸衰弱，變得很容易疲倦。

處理過大風堂繁重的事務後，他常常會一個人坐在書房裡，疲倦得連話都說不出，有時，甚至會痛苦得全身都在痙攣抽縮。

他們兄妹漸漸發現了他的痛苦，斷定他必定在隱藏著自己某種病痛。

他們兄妹雖然能勉強他去看大夫，可是這倔強的老人卻時常不肯吃藥。

他常說：「只有女人才會一天到晚吃藥，難道你們要把我當作女人？」

這種想法雖然很不正確，可是只要他認為這是對的，就絕沒有任何人能令他改變。

千千輕輕嘆了口氣，道：「今天他又偷偷的把那碗藥倒進陰溝裡了！」

無忌苦笑，道：「我真想不通，他爲什麼總是像小孩一樣怕吃藥？」

千千道：「聽說一個人年紀大了的時候，常常都會返老還童的。」

無忌道：「聽說華山的陸老伯也特地趕來了，他的病因別人雖然診斷不出，可是在陸老伯手下，天下還有什麼治不好的病？」

陸老伯就是「華山醫隱」陸通，不但是華山劍派的名宿，也是江湖中有名的神醫。

千千道：「今天中午吃過飯後，陸老伯就已經替老頭子把過脈。」

她想了想，又道：「他們兩個人還關在書房裡，談了很久。」

無忌道：「他們出來後怎麼說？」

千千道：「他們出來的時候，老頭子顯得很高興，還特地擺了一桌酒，約了三大爺在後園開懷暢飲。」

三大爺，就是大風堂的三位巨頭之一，終日難得說一句話的「鐵劍金人」上官刃。

金人還有開口的時候，要他說話，簡直比要金人開口還難。

千千道：「他今天也陪老頭子喝了很多酒，直到今天我才知道，他的酒量很可能比你還好。」

無忌展顏笑道：「這麼樣說來，老頭子的病一定已有了轉機。」

千千道：「可是陸老伯卻顯得心事重重，連酒都不肯去喝。」

無忌又皺起了眉。

這時候窗外忽然傳來一陣沉重匆遽的腳步聲，一個人在外面問：「大少爺在不在這裡？」

無忌和千千都聽出這是老姜的聲音。

老姜在趙府已經待了幾十年，已經由趙簡的書僮，變成和風山莊的總管，本來踢毽子踢得比誰都好的兩條腿，近年來已被風濕拖垮，走起路來很困難。

可是趙簡在他心目中，卻永遠都是昔年的那個大少爺。

他甚至連稱呼都改不過來。

千千從地上一躍而起，推開了窗子，就發現一向最沉得住的老姜，現在居然好像顯得很著急，雖然早已停下了身，還在不停的喘息。

她忍不住問：「究竟出了什麼大不了的事，你急什麼？」

老姜喘著氣道：「司空大爺已經從保定府趕來了，正在花廳裡等著跟大少爺見面，大少爺卻不知道哪裡去了。」

千千道：「你去找過？」

老姜說道：「我到處都去找過了，非但找不到大少爺，就連上官三爺，都不見蹤影。」

千千也有點著急起來。

老姜跟隨她父親已有四十年，對和風山莊的一草一木，他都瞭如指掌。

如果連他都找不到人，還有誰能找得到？

無忌忽然道：「我找得到。」

老姜道：「你知道他在哪裡？」

無忌笑了：「那地方只有我知道，我替你去找。」

他也不管自己身上已換了新郎倌的吉服，一下子就跳了起來，衝了出去。

老姜看著他，搖頭嘆息道：「小少爺的脾氣，真是跟大少爺年輕的時候一模一樣。」

他雖在嘆氣，眼睛裡卻充滿了欣慰。

他的大少爺一生從未做過見不得人的事，如今畢竟有了善報。

能夠眼看著這位小少爺長大成人、娶妻生子，他自己這一生也沒有什麼遺憾了。

他只希望這位小少爺能趕緊找到他的大少爺；趕快拜天地、入洞房，他也好喘口氣，去找他的老夥伴痛痛快快喝兩杯。

千千卻有點不服氣忍不住道：「我就不信這裡還有連我們都不知道的地方。」

老姜道：「有些地方我們本來就不該知道。」

千千道：「爲什麼？」

老姜道：「因爲那一定是大少爺處理公事的機密重地，大少爺一向公私分明，當然不會讓我們知道。」

千千道：「那麼無忌怎麼會知道？」

老姜道：「小少爺是大少爺的傳人，將來大少爺退休了之後，繼承他事業的就是小少爺，這些事他當然應該讓小少爺知道。」

千千更不服氣了：「憑什麼只有他才能知道，我難道不是我爸爸親生的？」

老姜道：「你？你到底是女孩子！」

千千道：「女孩子又怎麼樣？」

老姜道：「女孩子遲早總要出嫁的，出嫁之後，就是別人家的人了。」

他說的是實話，他一向說實話。

千千想駁他都沒法子駁他，只有狠狠瞪了他一眼，道：「我就偏偏不嫁，看你怎麼樣？」

老姜笑了，道：「我怎麼樣？我能怎麼樣？」

他瞇著眼笑，又道：「怕只怕到了時候，別人就真想要你不嫁都不行了！」

黃道吉日

一

大風堂的組織嚴密而龐大，大風堂的勢力不但遍佈在中原，而且遠及關外。

大風堂能夠有今日，除了因爲「龍捲風神」雲飛揚的雄心和氣魄實在非人能及之外，也因爲他還有三個一直跟他同生死、共患難；跟他併肩作戰，始終奮戰不懈的好朋友。

這三個人就是司空曉風、趙簡和上官刃。

他們用血汗創立了大風堂，勝利和光榮，當然也應該由他們分享。

自從雲飛揚老爺子宣佈封關五年，苦練一種絕代無雙的劍法之後，大風堂的重擔，已完全落在他們肩上。

他們本就是生死之交，不但能共患難，也一樣能共富貴。

所以他們之間，從來也沒有爭權奪利的事發生過，只有一心對外，扶弱鋤強。

可是他們三個人的脾氣和性格，卻絕對是三種不同的典型。

司空曉風年紀最大，脾氣最溫和，是江湖中有名的「智者」。

他平生不願與人爭吵，更不喜歡殺人流血。

他認爲無論什麼事都可以用人的智慧解決，根本用不著動刀子。

所以江湖中有的人偷偷的給他取了個綽號，叫他「司空婆婆」！

大風堂門下的弟子，對他雖然都十分尊敬，心裡卻並不一定真的佩服。

這些血氣方剛的熱情少年們，總認爲他做事未免有點虛僞，有點懦弱。

他們有滿心雄志，卻偏偏總是施展不出。

因爲司空曉風早已決定了對付他們強敵「霹靂堂」的方針——

人不犯我，我不犯人。

不到必要時，絕不出手！

大風堂門下的子弟，若是侵入霹靂堂的地界，殺無赦！

二

上官刃是個無論遇著什麼事都「三緘其口」的金人！
就連跟隨他多年的親信，都很難聽到他開口說一句話。
他始終認爲每個人都有權保留些隱私，絕不容任何人過問他的私事。
他的居室一向禁衛森嚴，從來沒有任何人敢妄入一步。
他也像趙簡一樣，妻子早故，唯一的女兒又被送到遠方。
現在他非但沒有親人，甚至連朋友都沒有幾個。
他的孤僻和高傲，天下皆知，根本就沒有人能接近他。
所以他們三個人，最受子弟們愛戴的就是趙簡。

趙簡少年時躍馬江湖，快意恩仇，當街拔劍，血濺五步。
到老來他的脾氣雖已漸漸和緩，卻仍然是個光明磊落的性情中人！
只要你真是他的朋友，就算要他把頭顱割下來給你，他也不會皺一皺眉頭。
這種人正是少年們心目中典型英雄。
大家不但對他尊敬佩服，而且真心喜歡他，今天是他獨生子大喜的日子，大家當然都要趕來喝他一杯喜酒。
就連那位已經在青石山絕頂閉關兩年的雲老爺子，都特地派人送了份重禮來道賀。

三

每個人都在等著看新郎倌的風采，更想看一看他那又賢慧、又美麗的新娘子。

無忌一出現，大家就圍了過來。

雖然他並沒有走到大廳去，可是後園裡也有人，到處都擠滿了人。

大家看到穿吉服的新郎倌，還沒有拜天地就出來亂跑，都覺得又驚奇、又高興，絕沒有任何人認爲他失禮。

趙二爺的公子，本來就應該是這麼一個不拘小節，豪爽灑脫的男子漢。

無忌好不容易才擺脫了他們，穿過後園裡的一片桃花林，走過一條彎曲的小徑，來到一個種滿了青竹的小院。

風吹竹葉，宛如聽濤，外面的人聲笑語，都沒有傳到這裡。

小院裡有五間平軒，三明兩暗，是和風山莊主人靜思讀書的地方。

老姜當然知道這地方，當然來找過。

他沒有找到他的大少爺，只因爲這裡根本就沒有人，前前後後一個人都沒有。

可是無忌並沒有覺得失望，因爲他知道這地方的秘密。只有他知道。

最後面一間雅室，才是趙簡的書齋，四面都是書架，走進來就像是走入了一間書城。

可是這裡也沒有人。

無忌大步走進來，確定了這裡沒有人，非但沒有著急，反而放心了。

因爲只有他知道左壁的書架，還有個秘密，那才是他父親處理大風堂事務的機密重地。

他相信他父親一定在這裡，很可能正在和上官三爺商議什麼機密的大事。

他並沒有直接進去，先用案上的青銅鎭紙，輕輕敲了敲書架的第三格橫木。

他一連敲了三次，都沒有反應。

這時他才有點著急了，用力扳開了書架旁的板手，書架剛轉開一線，他就已衝進去了。

他的父親果然就在密室裡，身上還穿著特地爲他兒子的吉日所裁製的紫緞長袍，手裡還拿著他平時愛不釋手的一個翠玉鼻煙壺。可是他的頭顱卻已不見了。

無忌跪了下來，既沒有號哭，也沒有流淚。

他眼中已沒有淚，只有血！

一陣風從外面吹進來，將書桌上一本黃曆吹起了兩頁，就好像被一隻看不見的手翻開了一樣，正好翻到第三頁，上面正好寫著：

三月二十七日，大吉，宜婚嫁。

這一天眞是個諸事皆宜，大吉大利的黃道吉日。

二 兇手

疑兇

一

人風堂的三大巨頭之中，名滿江湖的「金龍劍客」趙簡，竟在他獨生子大喜的那一天，神秘的失去了他的頭顱。

這當然是件轟動天下的大事。就算不認得，沒有見過趙簡的人，至少也聽過他的名字。

他有朋友，當然也有仇敵。不管是他的朋友還是仇敵，對這件事都會覺得很驚訝、很好奇。

有些對這件事知道得比較清楚的人，無論走到哪裡，都會成爲被人詢問的對象，大家最想知道的一個問題就是：「兇手是誰？」

這問題的答案誰都不知道，誰都不敢妄下斷語。因爲如果有人說錯了一句話，這個人也很可能會在半夜裡失去頭顱。所以江湖中難免議論紛紛——「趙簡真的死了？真的被人割下了他的頭？」

「絕對是真的。」

「他是什麼時候死的？」

「就在他的兒子成婚的那一天，三月二十七日。」

「聽說那一天是個大吉大利，諸事皆宜的黃道吉日？」

「那天的確是個好日子。」

「娶媳婦當然要選個好日子，難道殺人也要選個好日子？」

「那一天諸事皆宜，宜婚嫁，也宜殺人。」

「所以殺他的那個人，直到現在還沒有被人找出來？」

「要把這個人找出來，恐怕還不太容易。」

「可是趙家的人多多少少總應該有點線索？」

「好像有一點。」

於是有些熱心的人，就開始想替趙家的人找出更多的線索來！

「趙簡是死在什麼地方的？」

「就死在和風山莊。」

「那一天到和風山莊去賀喜的人一定很多，爲什麼沒有人看見？」

「因爲他是死在他的密室裡。」

「他那密室真的很秘密？」

「絕對秘密，甚至連他自己的女兒都不知道。」

「有誰知道？」

「聽說到過他那密室中去的，除了他自己外，一共只有三個人。」

「哪三個人？」

「司空曉風，上官刃和他的兒子。」

「難道，只有這三個人，有可能殺死他？」

「我實在很難再想出第四個。」

「爲什麼？」

「趙簡並不是個普通人，他還不到二十歲的時候，就憑著他的一柄劍，開始闖盪江湖。」

「我也聽說過，他十七歲的時候，就在長安市上，拔劍殺了『長安虎』。」

「從那時開始，三年之間，他就殺了『關中七雄』、『黃河四蛟』，還擊敗了關中最負盛名的劍客笑道人和陶中雄。」

「所以，他不到二十歲，就已經名滿天下。」

「他還不到三十歲的時候，就已幫著雲飛揚創立了大風堂，你想想，像這麼樣一個人，總不會隨隨便便就被人割下頭顱去。」

「我根本就想不通。」

「你應該能想得到的，割他頭顱的人一定是跟他很熟的人，所以他才會對這個人毫無戒心。」

「這個人的武功一定也很高，出手也一定極快。」

「華山醫隱陸通當時也在場，而且還驗過趙二爺的屍。」

「他怎麼說？」

「他斷定殺死趙二爺的兇器絕對是把劍，而且一劍就割下了趙二爺的頭顱。」

「司空曉風和上官刃剛好都是用劍的高手。」

「他們都是一等一的高手。」

「趙二爺的兒子是不是那個隨時都可以替朋友挨刀的趙無忌？」

「就是他！」

「他當然不會是兇手。」

「絕不會。」

「那麼依你看，兇手究竟是上官刃？還是司空曉風？」

「我不知道。」

「你猜猜？」

「我不敢猜。」

這些議論是在公開場所就聽得到的。

在半夜三更，小院裡的瓜棚籐架下、私室裡的小桌酒樽旁，還有些別人聽不到的話。

「聽說最有嫌疑的一個人，就是司空曉風。」

「爲什麼？」

「因爲他本來是最後到和風山莊的一個人，是三月二十七日那天晚上才到的。」

「最後的一個人，應該是沒有嫌疑才對。」

「可是後來又有人調查出來，他在二十五日那一天，就已經離開保定。」

「那麼他二十六日就應該已經到和風山莊了。」

「最遲下午就應該到了。」

「從二十六日的下午，到二十七日的晚上，這一天多的時間裡，他到哪裡去了？」

「沒有人知道。」

「所以才有人認爲他的嫌疑最大。」

「不錯。」

「可是我聽說二十七日的那天下午，只有上官刃一個人始終跟趙二爺在一起。」

「所以上官刃的嫌疑也不小。」

「他們兩個人呢？」

「直到今天他們還留在和風山莊。」

「誰走了，誰的嫌疑就更大，他們當然是誰都不會走的。」

「其實他們走不走都一樣。」

「爲什麼？」

「因爲他們都是趙二爺的生死之交，都沒有一點理由要下這種毒手，如果找不到確實的證據，誰也不敢懷疑到他們。」

「現在有找出證據來嗎？」

「沒有。」

二

今天已經是四月初四。「頭七」已經過了。

夜。

現在距離無忌發現他父親屍體的那天，已經整整有七天。

已經七天了，無忌還沒有流過淚，連一滴淚都沒有。

他也沒有喝過一滴水，當然更沒有吃過一粒米。

他的嘴唇已乾裂，甚至連皮膚都已經乾裂。

他的眼眶已凹下去，健康紅潤的臉色，已變得像是張白紙。

他的全身都已僵硬麻木。

看見這種樣子，每個人都害怕了，甚至連千千都害怕了。

可是沒有人能勸他。

他什麼都聽不見，什麼都看不見。

最難受的一個人當然是衛鳳娘，她一直在流淚，可是現在連她的淚都已乾了。

這七天裡，每個人都很少說話，每個人都在找，想找到一點線索來查出真兇。

可是他們找不到。

他們將和風山莊每一寸地方都找遍了，也找不出一點可以幫助他們查明真兇的線索來。

誰都不敢懷疑上官刃，更不敢懷疑司空曉風，可是除了他們外，別人更連一點嫌疑都沒有。

如果兇手是另外一個人，那麼這兇手一定是可以來無影、去無蹤的妖魔。

大家雖然很少說話，多多少少總還說過幾句。

上官刃卻是一個字都沒有說。

——趙簡被害的那段時間，他到什麼地方去了？

他沒有解釋，也沒有人敢要他解釋。

後來別人才知道那時候他已醉了，醉倒在姜總管爲他安排的客房裡。

那是個有五間房的跨院，他和他的隨從都安排在那裡住宿。

負責接待他們的是趙標。

趙標不但是趙家的老家丁，而且還是趙二爺的遠房親戚。

趙標已經證實，三月二十七的那天，從黃昏以後上官三爺就一直在屋裡睡覺。

他醒著時雖然很少出聲，醉後睡著卻有鼾聲。他的鼾聲有很多人都曾聽過。

江湖中有很多人都認爲，司空曉風能夠有今天，並不是因爲他的武功，而是因爲他的涵養。

他的內家錦拳和十字慧劍，都還沒有真的練到登峰造極，可是他的涵養功夫卻絕對是天下第一。

這些雖然帶著些譏諷，卻也是事實。

只不過大家似乎都忘了，一個人練氣功夫若不到家，又怎會有這麼好的涵養？

他知道和風山莊的人對他都難免有些懷疑，因爲他的確在三月廿六那一天就已到了。

可是他態度上絕沒有露出一點不安的樣子，更沒有爲自己辯白。

他提早一天來，爲的是另外一件事。

那絕對是個秘密，絕不能讓任何人知道。

這幾天他還是和平常一樣鎮定冷靜，因爲他知道在這種情況下，一定要有個人保持冷靜，才能使情況不致變得太混亂。

無論在什麼樣的情況下，他都絕不會忘記份內應該做的事。

他盡力安排趙簡的葬殮，勸導大風堂的子弟，他相信這件事的真相，遲早總會水落石出的。

不管別人怎麼說，誰也不能否認他的確有種能夠使人穩定的力量。

所以大風堂永遠不能缺少他。

「頭七」已過，最後留下來守靈的一批大風堂子弟，也都回到他們本來的崗位上。

趙簡雖然是大風堂的一根柱石，可是大風堂絕不能因爲這根柱石斷了而整個崩潰。

那就像是座精心設計的堅固建築，雖然少了根柱石，卻依然還是屹立不動，依然還是可以禁得住風吹雨打。

司空曉風已經讓他的子弟們明白了這一點，他希望大家都能化悲憤爲力量！

設在大廳的靈堂裡，除了趙家的人之外，留下來的已不多了。

上官刃忽然站起來，道：「歐陽在等我。」

說完了這句話，他就大步走了出去。

這句話只有五個字，除了司空曉風外，誰也不明白他的意思。

可是只要有一個人明白就已足夠。

如果只用五個字就能把自己的意思說出來，上官刃絕不會說六個字。

千千看著他走出去，忍不住問：「難道他就這麼樣走了？」

司空曉風道：「他非走不可！」

千千道：「爲什麼？」

司空曉風道：「因爲他和歐陽約好了見面的。」

千千道：「歐陽是誰？」

司空曉風道：「就是歐陽平安。」

歐陽平安，就是中原十八家聯營鏢局的總鏢頭，他們早已計劃，要和大風堂連盟。

這次歐陽平安和上官刃商議的，想必一定就是這件事。

千千沒有再問。她也隱約聽到過這件事，大風堂的確需要一個有力的盟友。

自從他們知道霹靂堂已和蜀中的唐門結成兒女親家後，就在希望這盟約能早日簽成。

霹靂堂獨門火器已經足夠可怕，現在又加上了蜀中唐門威鎮天下一百六十年的毒藥暗器，和他們的獨門暗器手法，無疑更是如虎添翼。

這一直是司空曉風心裡的隱憂。他只希望歐陽平安不要因爲這件事而將原定的計劃改變。

三

外面隱隱傳來一陣馬蹄聲，上官刃顯然已帶著他的隨從們離開了和風山莊。

蹄聲走遠，靈堂顯得更沉寂。

無忌還是動也不動的跪在他父親的靈位前，乾裂的嘴唇已沁出血絲。

司空曉風緩緩地道：「這裡的事，大致都已有了安排，再過一兩天，我也要走了。」

他當然也是遲早都要走的。

雲飛揚猶在封關期中，趙簡忽然暴斃，大風堂更不能缺少他。

千千垂著頭，想說什麼，又忍住。

她也不敢隨便說話，只要一句話說錯，他們很可能就要家破人亡。

可是她心裡實在害怕。她父親死了，哥哥又變成這樣子，和風山莊卻一定要維持下去。

這副千斤重擔，無疑已落在她身上。

她怎麼辦？

司空曉風看著她，彷彿已看出她的心事，柔聲道：「我知道你是個很堅強的女孩子，可是我們真有點擔心他。」

他擔心的當然是無忌。

每個人都在為無忌擔心，卻希望他能站起來，挺胸站起來。

可是誰也不知道要等到什麼時候他才能站起來。

靜寂的靈堂，忽然傳來一陣笨重的腳步聲，千千用不著回頭就知道是老姜。

他的呼吸急促，臉上已因興奮而發紅，手裡拿著個酒樽，匆匆從外面跑進來。

他是不是又喝醉了？

不是。

酒杯裡裝的並不是酒，而是塵土。

老姜喘息著道：「這是我從上官三爺住的客房裡找到的。」

他又解釋：「上官三爺一走，我就帶著人去打掃房子。」

「打掃」當然只不過是託詞。

上官刃也有嫌疑，只不過他在的時候，沒有人敢去搜查他的屋子。

司空曉風道：「你找到的，究竟是什麼？」

老姜道：「我正想請大爺您，鑑定鑑定。」

酒杯裡只有淺淺半杯褐黃色的粉末，彷彿是從地上刮起來的泥土。

可是這半杯泥土卻帶著奇特的香氣。

司空曉風用兩隻手指拈起了一小撮，放在手心，用指頭慢慢的研磨，又湊近鼻子嗅了嗅。

他臉上立刻露出極奇怪的表情。

老姜道：「酒宴的執事老陳鼻子最靈，我已經叫他嗅過，他說這裡面不但有石灰，而且還有麝香和龍角。」

司空曉風慢慢的點了點頭。

他也不能不承認那個老陳的鼻子確實很靈，這泥土中的確有麝香、龍角和石灰。

老姜道：「這是我從上官三爺臥房裡的桌子底下，用小刀刮起來的。」

他的眼角彷彿在跳，手也在抖！「不但地上有，連桌縫裡也有，我……我想不通上官三爺要這些東西有什麼用？」

他甚至連聲音都在發抖，因爲他知道這些東西有什麼用。

麝香和龍角，都是很名貴的香料，不但可以入藥，也可以防腐。

石灰卻是種很普通的乾燥劑。

上官刃屋裡，有什麼東西需要防止腐爛、保持乾燥？

趙簡的棺木裡，也有這三樣東西，用來保持他屍體的完整和乾燥。

可是他的頭顱卻不在棺材裡。

他的頭顱在誰手裡？

那個人是不是也同樣要用這三樣東西來保存他的頭顱？

這些問題聯起來想一想，就變成一個極可怕的問題——

上官刃的屋裡有這些東西，難道就是爲了要保存趙簡的頭顱？

難道他就是殺死趙簡的兇手？

到現在爲止，還沒有人能確定這件事，甚至連說都不敢說出來！

可是千千的臉上已完全沒有血色，全身也已開始不停的發抖。

甚至連司空曉風的臉色都變了。

他勉強使自己保持鎭定，沉聲問道：「那天是誰看見上官三爺在屋裡睡覺？」

老姜道：「是趙標。」

司空曉風道：「去找他來！」

老姜道：「我已經派人去找他了！」

他已經派出去十二個人，十二個人都是趙府家丁中的好手！

現在他們已經回來覆命。

「趙標的人呢？」

「就在外面！」

「叫他進來！」

「他已沒法子自己走進來！」

「那麼就抬他進來。」

四個人用門板把趙標抬進來，老姜雖然跟他同事多年，現在也已幾乎認不出他就是趙標。

他全身都已變得烏黑腫脹，一張臉更黑更腫，五官都已扭曲變形。

他進來的時候還在喘息，一看見司空曉風，就立刻斷了氣。

「是誰殺了他？」

「不知道，他的胸口中了暗器，剛才好像還沒什麼，想不到一下子就變成這樣子！」

抬他進來的人，眼睛裡都帶著恐懼之極的神色！

這樣可怕的變化，他們雖然是親眼看見的，卻還是不敢相信。

司空曉風沉聲道：「去找把刀來。」

有人的靴筒裡就帶著匕首。

司空曉風用刀尖挑破了趙標前胸的衣裳，就看見一枚很小的，像芒刺一樣的暗器，打在他左乳房，傷口雖然沒有血，卻已烏黑腐臭。

老姜倒抽了口涼氣，失聲道：「好毒的暗器。」

司空曉風看看手裡的刀，刀鋒只不過沾到傷口上的一點毒膿，現在也已變得發黑。

他的臉色更沉重。

普天之下，只有一種暗器上帶著這麼可怕的毒。

千千咬著嘴唇，嘴唇已被咬得出血：「這——這就是蜀中唐家的毒蒺藜？」

司空曉風慢慢的點了點頭，一字字道：「不錯，這就是唐門的獨門暗器，見血封喉的毒蒺藜！」

每個人的臉色都變了。

蜀中唐門，已經和霹靂堂結成親家，唐家的人，怎麼混入了和風山莊！

這實在太可怕。

抬著門板進來的一個少年家丁，好像想說話，又不敢亂說！

司空曉風已注意到他的神色，立刻道：「你想說什麼？」

這少年家丁遲疑著，道：「有件事小人不知道該不該說。」

司空曉風道：「你說。」

這少年家丁又猶疑了半天，才鼓起勇氣，道：「上官三爺帶來的隨從裡，好像有個人是從四川蜀中那邊來的！」

司空曉風動容道：「你怎麼知道？」

這少年家丁道：「因爲小的母親是蜀人，小人也會說幾句川話，昨天我無意間聽到，上官三爺的那位隨從說的就是川話。」

他想了想，又道：「而且川中的人爲了紀念諸葛武侯，平時都喜歡在頭上包塊白布，那個人晚上睡覺的時候，也總是在頭上包塊白布，我本來想跟他用四川話聊聊，誰知他死也不承認是四川人，到後來幾乎跟我翻了臉。」

老姜接著道：「上官三爺這次帶來的隨從裡，的確有個人是我從來沒見過的，我本來想問問他是什麼時候跟上了上官三爺的？可是我也知道上官三爺的脾氣，又不敢問。」

現在當然什麼話都不必問了。

所有的證據，都已經等於指明了兇手是誰。

上官刃收買了趙標，替他作僞證，又怕趙標的嘴不穩，就叫他這個從川中來的隨從，殺了趙標滅口。

可是川中唐門的弟子，一向驕傲得很，怎麼肯做上官刃的隨從？

這其中想必還有更大的陰謀。

「難道上官刃已經跟蜀中唐門和霹靂堂有了聯絡？」

「他殺了趙簡，難道就是爲了要討好他們？」

這些問題大家非但不敢說出來，簡直連想都不敢去想。

司空曉風的拳緊握，手心也沁出了冷汗。

就在這時候，一直跪在地上的趙無忌，忽然跳起來衝了出去。

上官堡

一

趙無忌全身都已僵硬麻木。他已完全虛脫，已接近崩潰的邊緣。

奇怪的是，他的心裡反而變得一片剔透空靈，反應也變得比平時更敏銳，無論多少聲音，在他耳中聽來都響如雷鳴！

每個人說話的聲音，在他聽來，都好像是在他耳畔喊叫。

這也許只因爲他整個人都已空了，已變得像瓷器般脆弱。

可是他並沒有失去判斷力。

——爲什麼一個人在體力最衰弱的時候，思想反而更靈敏？

他已判斷出誰是兇手！

他跳起來，衝出去。沒有別人阻攔他，只有司空曉風。

司空曉風只伸出手輕輕的一擋，他就已經倒了下去。

剛才他被仇恨所激起的最後一分潛力現在都已用盡了。

現在，竟連個小孩子都可以輕易擊倒他！

司空曉風道：「我知道你要到哪裡去，我本不想攔阻你，因爲我自己也一樣想去。」

無忌的眼睛裡佈滿血絲，看起來就像是隻負了傷的野獸。

司空曉風道：「可是你現在絕不能去，我不能讓你去送死。」

千千的眼睛也紅了，大聲道：「可是我們卻一定要去，非去不可！」

司空曉風道：「上官刃陰鷙深沉，手下本就養了批隨時都可以爲他賣命的死士，再加上蜀中唐門的毒門暗器，我們就算要去，也不能就這樣去。」

千千道：「我們要怎麼樣才能去？」

司空曉風道：「要等到有了一擊必中的把握才能去！」

他嘆了口氣，又道：「如果一擊不中，讓他全身而退，以後我們只怕就永遠不會再有第二次的機會了。」

他說的是實話。

但是和風山莊的屬下卻拒絕接受。

片刻間在老姜統率下的一百三十六名家丁，都已聚集到靈堂前的院子裡，每個人都有了準備——強弓、硬弩、長槍、快刀。

這一百三十六個人之中，至少有一半曾經苦練過十年以上的武功。

老姜跪倒在司空曉風面前，以頭碰地，碰得連血都流了出來。

他血流滿面，不住哀求，只求司空曉風能讓他們去復仇。

司空曉風當然也看得出無論誰都已沒法子改變他們的主意。

他本來一向不贊成使用暴力。

可是以暴制暴，以血還血，就連他也同樣無法反對。

他只有同意：「好，你們去，我也陪你們去，可是無忌——」

老姜搶著道：「小少爺也非去不可，我們已經替小少爺準備了一鍋參湯，一輛大車，在到達上官堡之前，他的體力就一定可以恢復了。」

無忌一向不喝參湯，但是現在他一定要強迫自己喝下去。

他一定要恢復體力。他一定要手刃殺父的仇人。

只可惜他忘記了一件事——就算他體力在巔峰時，也絕不是上官刃的敵手。

司空曉風卻沒有忘記這一點。

對於上官刃的劍術，武功，出手之毒辣，判斷之準確，沒有人能比他知道得更清楚。

他們在少年時就併肩作戰，每一年平均都要有三十次。

在創立大風堂以前，他們至少就已身經大小三百戰。

他曾經有無數次親眼看見上官刃將劍鋒刺入敵人的咽喉，每次都絕對致命，幾乎很少失手過。

有一次他們對付關東七劍的時候，上官刃的對手是當時武林中極負盛名的「閃電快劍」曹迅，一開始他就已負傷七處，有一劍甚至已刺穿了他肩胛。

可是最後曹迅還是死在他手裡，他在倒下去之前還是一劍刺穿了曹迅的咽喉。這才是他真正最可怕之處。

他幾乎可以像沙漠中的蜥蜴一樣忍受痛苦，幾乎有駱駝一樣的耐力。

有一次他肋骨被人打斷了六根，別人在爲他包紮時，連床褥都被他痛出來的冷汗濕透了，可是他連一聲都沒有哼。

當時雲飛揚也在旁邊看著，曾經說了句大家都不能不同意的話：

「無論誰有了上官刃這樣的對頭，晚上一定睡不著覺。」

這句話司空曉風始終沒有忘記過。

雲飛揚對他的看法，他當然也不應該忘記。

「如果有一天司空曉風要來找我打架，他一來我就會趕快跑走。」

有人問：「爲什麼？」

「因爲他絕不會打沒有把握的架，」雲飛揚說：「只要他來了，就表示他一定已有必勝的把握！」

雲飛揚絕艷驚才，一世之雄，當然也很有知人之明。

他當然絕不會看錯他的朋友。

司空曉風這一生，的確從來也沒有做過沒有把握的事。

這一次他是不是也有了必勝的把握？

二

老姜也在車廂裡。

多年的風濕，使得他既不能走遠路，也不能騎馬。

車廂很寬大，有足夠的地方能讓他們四個人都坐得很舒服。

可是他坐得並不舒服，事實上，他幾乎等於是站在那裡。

他一向都很明瞭自己是什麼樣的身分，縱然他的少主人久已將他看成了家人，他卻從來也沒有超越過他已謹守多年的規矩。

對於這點，司空曉風一向覺得很欣賞，他平生最痛恨的，就是不守規矩的人。

所以他們並沒有要老姜坐得舒服些，只不過問道：「我們應該用什麼法子進入上官堡？應該用什麼法子對付上官刃？你是不是已有了計劃？」

老姜道：「是的。」

司空曉風道：「你爲什麼不說？」

老姜道：「因爲大爺還沒有問。」

司空曉風道：「現在我已經問過了，你說吧！」

老姜道：「是。」

他沉默了很久，將他已經深思熟慮過的計劃，又在心裡仔細想了一想，確定了這計劃中並沒有太大的漏洞。

然後他才敢說出來。

上官刃孤僻嚴峻，在他統轄下的上官堡，當然是禁衛森嚴，絕不容外人妄入一步。

幸好司空曉風並不是外人。

老姜道：「所以我們如果要安全進入，就一定要由大爺你出面，現在上官刃還不知道他的秘密是否已被揭穿，非但絕不敢阻攔，而且還一定會大開堡門，親自出來迎接。」

他已大約統計過，上官堡中一共有男丁三百餘口，幾乎每個人都練過武功，其中還包括了一批久已訓練，隨時都可以爲他賣命的死士。

老姜道：「這次我們只來了一百三十六個人，敵眾我寡，我們很可能不是他們的對手。」

司空曉風同意。

老姜道：「可是上官刃如果親自出迎，身邊帶的人一定不會太多。」

司空曉風道：「你準備就在那時候動手？」

老姜道：「擒賊先擒王，只要我們能先下手制住上官刃，他的屬下絕對不敢輕舉妄動！」

司空曉風道：「誰有把握，能夠制住他？」

老姜道：「如果由小少爺正面出手，大爺你和二小姐兩旁夾擊，再由我率領一隊人將他和他的隨從們隔離，就不難一擊而中。」

司空曉風說道：「如果他不出來又如何？」

老姜道：「那麼我們也只好衝進去，跟他們拚了。」

司空曉風道：「你怎麼拚？」

老姜道：「用我們的命去拚。」

他握緊雙手：「他們的人雖多，卻未必都肯跟我們拚命。」

「拚命」，這種法子，不管用在什麼時候、什麼地方，都是最可怕的戰略之一，而且通常都很有效。

司空曉風嘆了口氣，道：「事已至此，看來我們也只有用這法子了。」

可是這種法子他們並沒有用出來，因爲他們根本就沒有機會用出來。

就在這時候，他們已看見遠方有一片火燄燃燒，燒得半邊天都紅了。

起火的地方，好像正是上官堡。

等他們到那裡時，上官堡竟已被燒成一片焦土，連一個人影都看不見了。

火場裡沒有一具骸骨，更沒有留下一點線索，上官刃和他的屬下，男女老幼一共四百多個人，就這麼樣失了蹤，就好像已完全從地面上消失了一樣。

這件事做得狠毒、周密，放眼天下，簡直沒有一個人能比得上。

「這個人的卑鄙、無恥、陰險、毒辣，已經讓人覺得不能不佩服他，也不能不怕他！」

這就是司空曉風最後對上官刃所下的結論。

這句話趙無忌也從未忘記。

三

除了已具備一個賢妻良母所有的美德之外，衛鳳娘還有個好習慣。

每天臨睡之前，她都會將這一天發生的大事，和她自己的想法寫下來，留作日後的借鏡。

她從很小的時候，就已有了這種習慣，就算在她最悲痛的時候，也沒有荒廢過一天。

這幾天發生的事，她當然也記了下來，雖然記得有點零亂，可是她對無忌這個人和某些事的看法，都是別人看不到的。

四月初四，晴。

殺害老爺子的兇手，居然會是上官刃，真是件令人夢想不到的事。

我一直認爲他和老爺子的交情比別人好，直到那天下午，他們兩個人在花園裡喝酒的時候，我還有這種想法。

只不過那天我也覺得有件事很奇怪。

從我住的這個小樓上的窗口，剛好可以看見他們喝酒的亭子。

那天我親眼看見上官刃好像要跪下去，向老爺子磕頭，卻被老爺子拉住了。

他們兄弟間的規矩本來就很大，三弟向二哥磕頭，並不是很特別的事。

再加上那天我一直在惦記著無忌，後來又發生了那件慘案，所以我也把這件事忘了。

可是我現在想想，才發覺那一拜之間，必定有很特別的理由。

是不是因爲上官刃有什麼見不得人的秘密被老爺子發現了，所以他才會向老爺子磕頭謝罪？

老爺子雖然已饒恕了他，他還是不放心，所以才索性將老爺子殺了滅口。

無忌、千千，都已經跟著司空大爺到上官堡去了，到現在還沒有回來。

他走的時候，連看都沒有看我一眼，可是我並不恨他。

我知道他的心情，我的心，也很亂很亂。

我知道我今天晚上一定睡不著的。

四月初五，晴。

無忌他們今天一早就回來了，每個人都顯得很焦躁，臉色都很難看。

後來，我才知道，他們到那裡的時候，上官堡已被燒成焦土，上官刃也已經逃走。

他做事一向慎重周密，當然早已算到他的秘密遲早會被人發現的，早已有了準備，否則就算他能逃走，也沒法子將他的部屬全部帶走。

這麼多人走在路上，一定很引人注意，多多少少都會留下一點痕跡來。

司空大爺想到了這一點，早已派人分成四路追下去。

可是我認爲這次追蹤一定不會有什麼結果的，因爲上官刃一定也能想到這一點，一定會將他的屬下化整爲零喬裝改扮。

今天無忌還是沒有跟我說過一句話，我還是不怪他。

反正我已進了趙家的門，已經是趙家的人了，不管他要我等多久，我都沒有怨言。

我真希望能燉一鍋他最喜歡吃的雞絲煨豬腳，親手去餵給他吃。

可是我也知道我不能這麼做。

這是個大家庭，我的一舉一動，都要特別小心，絕不能讓別人說閒話。

我只是希望他自己能夠好好的保重自己。

四月初六，陰。

直到現在還是沒有上官刃的一點消息，大家的情緒更焦躁。

奇怪的是，無忌反而顯得比前幾天鎭定多了，而且，每天都一大碗一大碗的吃飯。

我從小就在注意他，當然很瞭解他的脾氣，他忽然變成這樣子，一定是因爲他已經下了決心，要去做一件事。

雖然他自己沒有說出來，只是我相信他一定是要親自去找上官刃，替老爺子復仇。

就憑他一個人的力量去復仇，不但太危險，希望也很小。

可是像他那樣的脾氣，若是已下了決心要去做一件事，又有誰能勸得住他？

我只希望他能進來見我一面，告訴我，他是準備在什麼時候走，也讓我能告訴他，不管他到哪裡，不管去多久，我都會等他的。

就算要我等一輩子，我也願意。

四月初七，陰。

出去追蹤的四批人，已經有兩批回來了，果然連一點結果都沒有。
上官刃究竟躲到哪裡去了？有什麼地方能夠讓他們藏身？
我想到了一個地方，可是我不敢說。
這件事的關係實在太大了，我絕不會亂說話。
但願無忌不要想到這地方，因爲他如果找去，恐怕就永遠回不來了。
天黑了之後，外面就開始下雨，下得我心更亂。
無忌，你爲什麼不來看看我？你知不知道我多想跟你說說話？哪怕只說一句也好。

昨天我剛寫到這裡，外面忽然有人敲門，我就停了下來。
這段是我今天補上的，因爲昨天晚上無忌走了之後，我就已沒法子握筆了。
那麼晚還來找我的，當然是無忌。
我看見了他，真是說不出的高興，又說不出的難受。
我高興的是，他總算來看我了，難受的是，我已猜出他是來跟我道別的。
我果然沒有猜錯。
他說他要走了，去找上官刃，就算找遍天涯海角，也要找到上官刃，替老爺子復仇。
他說他見過我之後，就要走了，除了我之外，他沒有告訴別人，連千千都不知道。
我本來不想在他面前哭的，可是一聽他這些話，我的眼淚就忍不住流了下來。
這件事他只告訴了我一個人，臨走的時候，只來跟我一個人告別，這表示他心裡還有我，可是他爲什麼不肯帶我走？

其實我也知道他不能帶我走，他這一走，前途茫茫，我也不能拖累他。

可是我卻不能不難受。

我捨不得讓他走，又不能不讓他走。

我若不讓他去報父仇，豈非變成了趙家的罪人，將來怎麼有臉去見老爺子於九泉之下？

他看見我流淚，就安慰我，說他這幾年一直在苦練，對自己的武功已經很有把握，而且這次出門，也已有了準備！

他真的有了準備，不但帶了不少盤纏路費，還把各地和老爺子有交情的朋友都記了下來。

大風堂在各地的分舵，他也早就記得很清楚，所以他要我放心，在外面絕不會沒有照顧。

我真想告訴他，我多麼希望能陪在他身旁，能讓我自己照顧他。

可是我什麼都沒有說，我不想讓他到了外面，還要因爲惦記我而難受。

我寧願一個人自己在這裡流淚。

今天是四月初八，雨已經停了，天氣忽然變得很熱，就像是夏天。

今天早上我才知道，司空曉風昨天晚上就走了，他走了之後，無忌才走了的。

天剛亮的時候，就已經有好幾批人出去找無忌，我希望他們能把他找回來，又希望他們找不到他，讓他去做他應該做的事。

不管怎樣，我都決心不要再關在房裡流淚了，我一定要打起精神來，好好的幫著千千來管家，因爲，這也是我自己的家。

我要讓老爺子在天之靈知道，我是趙家的好媳婦。

活在架子上的人

一

夜。夜雨如絲。冰冷的雨絲，鞭子般打在無忌臉上，卻打不滅他心裡的一團火。

因爲仇恨燃燒起來的怒火，連鳳娘的眼淚都打不滅，何況這一絲絲夜雨？

他一直在不停的打馬狂奔，並不是因爲他已有確切的目的地，急著要趕到那裡去，只不過因爲他要遠離鳳娘那一雙充滿柔情和淚珠的眼睛。他不能讓任何人的眼睛，打動他的決心。

夜已很深，黑暗的道路上，卻忽然出現了一盞燈。在這冷雨如絲的深夜裡，路上怎麼會還有行人？無忌沒有去想，也沒有去想，他根本不想管別人的閒事，誰知道這人卻偏偏擋住了他的去路。

他坐下的健馬驚嘶，人立而起，幾乎將他掀下馬來。

他已經生氣了，卻又偏偏不能生氣，因爲攔住他去路的這個人，只不過是個小孩子。

一個穿著件大紅衣裳、梳著根沖天辮子的小孩，左手撐著把油紙傘，右手提著盞孔明燈，正在看著他嘻嘻的笑。笑起來臉上一邊一個小酒窩。

你怎能跟這麼樣一個小孩子生氣？可是這麼樣一個小孩子，爲什麼三更半夜還在路上走？

無忌先制住了他的馬，然後才問道：「你爲什麼還不讓開？難道你不怕這匹馬一腳踢死你？」

小孩子搖頭，繫著絲繩的沖天辮子也跟著搖來搖去，就像是個泥娃娃。無忌本來就喜歡孩子，這孩子也本來就很討人喜歡。可是他的膽子未免太大了，已經大得不像個小孩子。

無忌道：「你真的不怕？」

小孩子道：「我只怕這馬匹被我不小心踩死，我賠不起。」

無忌笑了，又忍住笑，板起臉，冷冷道：「你也不怕你爸爸媽媽在家裡等得著急？」

小孩子道：「我沒有爸爸，也沒有媽媽。」

無忌道：「不管怎麼樣，現在你都應該回家去。」

小孩子道：「我剛從家裡出來的。」

無忌道：「這麼晚了，你還出來幹什麼？」

小孩子道：「出來找你。」

這小孩子說出來的話，雖然每一句都讓人覺得很意外，最意外的，卻還是這一句。

無忌道：「你是出來找我的？」

小孩道：「嗯。」

無忌道：「你知道我是誰？」

小孩道：「我當然知道，你姓趙，叫趙無忌，是大風堂趙二爺的大少爺！」

無忌怔住。小孩眼珠轉了轉，又笑道：「可是你一定不知道我是誰。」

無忌的確不知道，他從來也沒有看見過一個這麼樣的小孩子。

他只有問：「你是誰？」

小孩道：「我是小孩。」

無忌道：「我知道你是小孩。」

小孩說道：「你既然知道了，還問什麼？」

無忌道：「問你的姓名。」

小孩嘆了口氣，道：「我連爸爸媽媽都沒有，怎麼會有姓名？」

無忌也不禁在心裡嘆了口氣，又問道：「你家裡有什麼人？」

小孩道：「除了我師父外，還有個客人。」

無忌道：「你師父是誰？」

小孩道：「我說出來，你也不會認得的！」

無忌道：「他不認得我，叫你來找我幹什麼？」

小孩道：「誰說是他叫我來的？」

無忌道：「不是他，難道是哪位客人？」

小孩又嘆了口氣，道：「我還以爲你永遠猜不出來呢，想不到你也有聰明的時候。」

無忌道：「你們那位客人，難道是司空曉風？」

小孩拍手笑道：「你愈來愈聰明了，再這麼下去，說不定有一天會變得比我還聰明。」

無忌只有苦笑。

小孩又問道：「你去不去？」

無忌怎麼能不去，司空曉風既然已找到他，他躲也躲不了的。

「你的家在哪裡？」

小孩順手往道旁的疏林一指。

「就在那裡。」

二

細雨如絲，雨絲如簾，那一片疏林就彷彿是在珠簾後。

所以你一定要走進去之後，才能看見那兩扇窗子裡的燈光。

有燈光，就有人家。

那兩扇窗子並不大，屋子當然也不大，這本來就是一戶小小的人家。

司空曉風怎麼會到這裡來的？

無忌忍不住問道：「你師父爲什麼要把房子蓋在這裡？」

小孩道：「這裡有房子，我怎麼看不見這裡的房子？」

無忌道：「那不是房子是什麼？」

小孩子搖搖頭，嘆著氣，說道：「你怎麼又變笨了，怎麼會連一輛馬車都不認得？」

無忌又怔住。

可是他總算已發現那棟「房子」下面，還有四個車輪。

如果那是一棟房子，當然不能算是棟大房子，如果那是馬車，就算是輛大馬車了。

那真的是輛馬車，

無忌從來也沒見過這麼大的馬車，簡直就像棟小房子。

小孩問道：「你有沒有在馬車上住過？」

無忌道：「沒有。」

小孩道：「所以你才不知道，住在馬車裡，可比住在房子裡有趣多了。」

無忌道：「有什麼趣？」

小孩道：「房子能不能到處跑？」

無忌道：「不能。」

小孩道：「可是馬車能到處跑，今天在河東，明天就到了河西，就好像到處都有我們的家！」

無忌道：「你們一直把這輛馬車當作家？」

小孩點點頭，還沒有開口，馬車裡已經有人在問。

「是不是無忌來了！」

這當然就是司空曉風的聲音！

寬大的車廂，用紫紅色的布幔隔成了兩重，布幔後想必就是主人的寢室。

外面有一張長榻，一張桌子，一張短几，幾把紫檀木椅。幾幅名家字畫，幾件精美的古玩，另外還有一張凳、一爐香、一局棋。

每樣東西顯然都經過精心的設計，正好擺在最恰巧的地方。

每一寸地方都被利用得很好，就算最會挑剔的人，也找不出一點毛病。

斜臥在長榻上的，是個兩鬢已斑白的中年人，修飾整潔，衣著合體，英俊的臉上總是帶著溫和的笑容。

無論誰都應該看得出，他以前一定是個很受女孩子歡迎的男人。

如果不是因爲他的背，他現在一定是同樣很受女孩子的歡迎。

可是他的背上卻套著個用純鋼打成的支架，他的人就好像是被這個架子支起來的，如果沒有這個架子，他整個人都會變得支離破碎。

無論誰第一眼看見他，心裡都會有種奇怪的感覺。

那種感覺就好像你第一次看見一個人正在夾棍下受著苦刑一樣。

只不過別人受的苦刑，很快就會過去，他卻要忍受一輩子。

無忌只看了這個人一眼。

因爲他已不想再去看第二眼，也不忍再去看第二眼。

司空曉風就坐在車門對面的一張紫檀木椅上，微笑道：「你總算來了！」

無忌並沒有問他！

「你怎麼知道我會來！」

這個人好像總會知道一些他本來不應該知道的事。

司空曉風道：「我本來想自己去接你的，可是我——」

無忌忽然打斷了他的話，道：「可是你怕淋雨。」

司空曉風顯得很驚訝道：「你怎麼知道！」

無忌道：「我知道，你最怕的三件事，就是挑糞、下棋、淋雨。」

司空曉風大笑。

無忌道：「我一直不懂，你為什麼怕下棋？」

司空曉風道：「因為下棋不但要用心，而且太傷神。」

一個像他這樣的人，當然不願將心神浪費在下棋這種事上。

這世上還有很多事都需要他用心傷神。很多比下棋更重要的事！

榻上的主人忽然笑了笑，道：「一個像我這樣流浪四方的廢人，就不怕用心傷神了！」

他的笑容雖然溫和，卻又帶著種說不出的寂寞：「我只怕沒有人陪我下棋。」

窗外斜風細雨，几上半局殘棋！

難道他一直都生活在這種日子裡，一直都揹著背上的這個架子？

無忌雖然一直都在假裝沒有看見他的痛苦，卻裝得不夠好。

主人又笑了笑，道：「我當然也很怕我這個要命的架子，只可惜我又不能沒有它。」

無忌再也不能假裝沒有聽見，忍不住問道：「爲什麼？」

主人道：「因爲我背上有根要命的背椎骨，已經完全碎了，如果沒有這個要命的架子，我就會變得像是灘爛泥！」

他微笑著，又道：「所以就連我自己都很奇怪，我居然還能活到現在。」

無忌忽然覺得自己的背脊也在發冷，從背脊冷到了腳底。

雖然他無法瞭解這個人究竟在忍受著多麼痛苦的煎熬，可是一個明知道自己這一輩子都要活在架子上的人，居然還能時常面帶笑容，就憑這一點，已經讓他不能不佩服。

主人彷彿已看出了他心裡在想什麼，道：「可是你用不著佩服我，其實每個人身上都有這麼樣一個架子，只不過你看不見而已。」

他凝視著無忌，就像是一個鑑賞家在端詳一件精美的瓷器：「甚至就連你自己也一樣。」

無忌不懂：「我也一樣？」

主人道：「你也是個病人，你身上也有個架子，所以你沒有倒下去。」

無忌顯然還是不明白他的意思，只有保持沉默，等著他說下去。

主人道：「你身上穿著重孝，表示你最近一定有個很親近的人去世了。」

無忌黯然。

想到他父親的死，他心裡就會刺痛，痛得幾乎無法忍受。

主人道：「你的臉色蒼白憔悴，眼睛裡都是血絲，表示你心裡不但悲傷，而且充滿仇恨。」

無忌承認。

他嘆了口氣，又道：「悲傷和仇恨都是種疾病，你已經病得很重。」

主人道：「直到現在你還沒有倒下去，只因爲要復仇，所以不能倒下去。」

無忌握緊著雙拳，說道：「你沒有看錯！」

主人道：「復仇這念頭，就是你的架子，沒有這個架子，你早已崩潰！」

現在無忌總算已明白他的意思。

這個人的想法雖然奇特，卻包含著一種發人深省的哲理，令人無法辯駁。

他的肉體雖然已殘廢，思想卻遠比大多數人都健全靈敏。

無忌忍不住想問。

「這個人究竟是個什麼樣的人？」

他還沒有問出來，司空曉風已微笑道：「這個人是個怪人。」

爲什麼他是個怪人？

司空曉風道：「我從未看到他賺過一文錢，可是，他過的卻是王侯一樣的日子。」

無忌看得出這一點。

這馬車裡每一件擺設和古玩，價值都在千金以上，他身上穿的衣服，無論式樣和質料都很高貴。

當然還有些事是無忌看不到的。

司空曉風道：「他自己雖然住在馬車上，卻至少有三十個人在這輛馬車五百步之內等候他的吩咐，其中包括了四個連皇宮御廚都請不到的好廚子，和四個曾經替遠征西域的大將軍養過馬的馬伕！」

主人微微一笑，道：「不是四個，是六個。」

他的笑容中沒有驕傲之色，也沒有自誇的意思。

他說這句話，只不過要改正別人的一點錯誤。

司空曉風道：「這輛馬車的車廂和車輪都是特別精製的，遠比平常人家的房子還堅固，所以份量難免重些，拉車的八匹馬雖然都是好馬，急馳三五百里之後，還是要更換一次。」

無忌忍不住問：「怎麼換？」

司空曉風說道：「只要是他常去的地方，每隔三、五百里，就有他的一個換馬站。」

他嘆了口氣，又道：「據我估計，他養的馬最少也在八百匹以上，而且還是千中選一的好馬。」

一個人竟養八百匹馬，這幾乎已經是神話。

但是司空曉風卻說得很認真，無忌也知道他絕不是個會吹噓誇大的人。

司空曉風道：「就只維持這三十名隨從和八百匹馬，他每個月的花費，最少也得有五千兩！」

無忌道：「可是你卻從來沒有看見他賺過一文錢？」

司空曉風道：「他甚至連一畝地的家都沒有。」

無忌道：「說不定他開了很多家當鋪，當鋪一向是賺錢的生意。」

主人忽然嘆了口氣，道：「難道你把我看成了個生意人？難道我看起來那麼俗氣。」

無忌不能不承認，這個人看來的確不是個生意人，一點也不俗氣。

司空曉風道：「他雖然行動不便，連隻蒼蠅都打不死，可是對他無禮的人，卻往往會在第二天無緣無故的突然暴斃。」

主人嘆息著道：「一個忍心欺負殘廢者的人，上天總是會降給他噩運的！」

司空曉風道：「我卻一直弄不清楚，降給那些人噩運的究竟是上天，還是他自己？」

他微笑著，又道：「我只知道在他那三十個隨從裡，至少有十個人絕對可以算是武林中的一流高手。」

無忌聽著他說，就好像在聽一個神話中人物的故事。

司空曉風道：「現在你是不是已經知道他是什麼樣的人了？」

無忌道：「不知道！」

司空曉風苦笑道：「其實我也不知道，我跟他交了很多年的朋友，連他真正叫什麼名字都不知道，但是我只要知道他在附近，我就會放下一切，趕來看他！」

主人微笑道：「我們已很久不見了，所以你想來看看我。」

他轉向無忌：「可是這位年輕人卻未必想來看一個像我這樣的殘廢，現在他心裡說不定就已覺得很無聊！」

無忌道：「能夠見到一位像這樣的人，無論誰都不會覺得無聊的！」他說得很誠懇：「只可惜我還有別的事，現在就要走了！」

主人道：「如果你答應留下來，我保證你今天晚上還可以見到許多更有趣的人、更有趣的事！」

無忌遲疑著，他的好奇心已被引起，已無法拒絕這種邀請。

主人笑得更愉快！

一個終年生活在孤獨中的人，總是會特別好客的。

他再次向無忌保證：「我想你絕不會失望。」

今天晚上，究竟會有些什麼人到這裡來？

在這麼樣一輛奇怪的馬車裡，面對著這樣一個奇怪的主人，已經是種令人很難忘記的經歷。

無忌實在想不出今天晚上還會遇見什麼更有趣的事！

三

長榻旁邊的扶手上，掛著個小小的金鐘，主人拿起個小小的金鎚，輕輕敲了一下。

他微笑著解釋：「這是我叫人用的鐘，我只敲一下，就表示我要叫的人是我的管家胡巨。」

鐘聲剛響起，他的話還沒有說完，胡亘已出現了，就像是個隨時隨刻都在等著魔法召喚的精靈。

他是個九尺高的巨人，雙目深陷，頭髮鬈曲，黝黑發亮的臉上，帶著種野獸般的標悍之態，一雙青筋暴露的大手，腰帶上斜插著柄閃亮的波斯彎刀，使得他看來更危險可怕。

但是在他的主人面前，他卻顯出了絕對的服從與恭順。

他一出現，就五體投地，拜倒在他主人的腳下，用最恭敬的態度，輕輕吻著他主人一雙穿著軟綢睡鞋的腳。

對他來說，能夠吻到他主人的腳，已經是種莫大的榮寵。

主人對他的態度卻是冷峻而嚴肅的：「現在是不是已將近子時？」

「是。」

「你已經完全準備好了？」

「是。」

主人雖然很滿意，卻沒有露出一點嘉慰之色，只淡淡的吩咐：「那麼現在我們就可以開始。」

「是。」胡亘再次五體投地，才退下去。

他雖然只說了一個「是」字，無忌卻已聽出他的口音非常奇異生硬。

主人又看出了客人的好奇，道：「他的父親是個波斯商人，他本來是大將軍帳下的力士，有一次誤犯軍法，本當就地處決。」

大將軍的軍令如山，天下皆知，他怎麼能從刀下逃生的？
主人道：「是我用一對大宛名種的汗血馬，從大將軍那裡，把他這條命換回來的。」
大將軍愛馬成癖，在他眼中看來，一對名種的好馬，遠比任何人的性命都珍貴得多。
司空曉風嘆息著道：「幸虧你有那樣一對寶馬，才能換得這麼樣一個忠心的僕人。」
主人道：「他不是我的僕人，他是我的奴隸，我隨時都可以要他去死！」
他淡淡的說來，並沒有絲毫誇耀的意思，只不過說出了一件事實而已。
可是在別人耳中聽起來，卻無疑又像是個神話中的故事。
幸好無忌對於這種事已經漸漸習慣了，已不再驚奇，更不會懷疑。
就在這時，黑暗的樹林裡，就像是奇蹟般大放光明。
無忌本來連一盞燈都沒有看見，現在四面卻已被燈光照得亮如白晝。
本來立在馬車前的樹木忽然全部倒了下去。倒下去的樹木，很快就被一根粗索拖開。
這片樹林竟在一瞬間就變成了平地。無忌雖然親眼看見，幾乎還是不相信自己的眼睛。
主人蒼白的臉上終於露出滿意之色。
對於他的屬下們這種辦事的效率，沒有人還會覺得不滿意。
司空曉風又在嘆息。他一直希望他的屬下做事也能有同樣的效率。
他忍不住道：「像胡巨這樣的人，就真要用十對寶馬去換，也是值得的。」
主人微笑。
這個人雖然不是生意人，卻一向很少做虧本的生意，雨已經停了。

樹林外忽然響起了一陣敲竹板的聲音，一個人大聲吆喝。「五香熟牛肉，菜肉大雲吞。」吆喝聲中，一個頭戴竹笠的胖子，挑著個雲吞擔子走入了這片空地。

擔子前面的一頭，一爐火燒得正旺，爐上的鍋裡熱氣騰騰，後面的一頭除了有個放碗筷作料的櫃子外，還有個擺牛肉的紗罩。在江南，在你晚上睡不著的時候，便隨時都可以找到這樣的小食，叫一碗熱呼呼的雲吞來吃。

可是無忌做夢也想不到，在這裡也會看見這種小食。

這地方有誰會吃他的雲吞？

雲吞擔子剛放下，外面又響起了叫賣聲，一個人用蘇白唱著：「白糖方糕黃鬆糕，赤豆綠豆小甜糕。」

一個又高又瘦的老人，背上揹著個綠紗櫃子，一面唱，一面走進來。

他賣的這幾種軟糕，都是蘇杭一帶最受歡迎的甜食。

可是他怎麼會賣到這裡來了？

來的還不止他們兩個。

跟在他們後面，還有賣滷菜的、賣酒的、賣湖北豆皮的、賣油炸麵窩的、賣山東大饅頭的、賣福州香餅的、賣嶺南魚蛋粉的、賣燒鴨叉燒的、賣羊頭肉夾火燒的、賣魷魚羹的、賣豆腐腦的、賣北京豆汁的，五花八門，各式各樣的小販挑著各樣的擔子，用南腔北調各式各樣的叫賣聲，從四面八方走入了這片燈火通明的空地。

這片平地忽然就變得熱鬧了起來，就像是個廟會市集。

無忌看呆了。

他從未看見過這許多賣零食點心的小販，更想不到他們會到這裡來，他們到這裡來是幹什麼的？

這裡有誰會去吃他們賣的東西？

沒有人吃，他們就好像準備自己吃。

可是他們在還沒有開始吃之前，每個人都將自己賣的東西，選了一份最好的送來，送給這輛神秘馬車的神秘主人。

賣雲吞的先捧著一碗熱騰騰的雲吞走過來，在車門外跪下，恭恭敬敬的說道：「這是弟子孝敬主人的一點意思，恭祝主人身子康健，事事如意。」

主人只微笑著點了點頭，連一個「謝」字都沒有說。

可是這賣雲吞的已經感激得要命，高興得要命，因他已看見了他主人的微笑。

然後賣糕的、賣鹵菜的、賣酒的、賣豆腐皮的、賣香餅的……

一個接著一個，都過來了，而且，都跪下來，用他們自己的家鄉話，說出了他們對主人的感激和祝賀。

聽他們的口音，南腔北調都有，顯然不是來自同一個地方。

他們不約而同，不遠千里趕到這裡，難道只爲了要送這一捲香餅、一碗雲吞？

無忌更奇怪！

等到他看見一個賣油炸五香花生的老太婆，捧著把花生走過來時，他幾乎忍不住要叫出聲來。

這個賣五香花生的老太婆，赫然竟是以「金弓銀彈」名滿江湖的黑婆婆。

黑婆婆卻好像根本沒看見他，更不認得他，恭恭敬敬的跪在地上，獻出了自己的禮物，換得了主人的微笑，就滿懷感激的走了。無忌也只好將自己的好奇心勉強壓制著。他一向是個很有家教的年輕人，他不願在這個好客的主人面前失禮。

這時小販們已經在開懷暢飲，你飲我的酒，我吃你的牛肉，彼此交換，吃得痛快極了。這種吃法的確別致有趣，遠比吃整桌的翅席還要痛快得多。

他們彼此之間，不但全都認得，而且還像是很好的朋友。

只不過大家都在爲了生活奔波，很難見到一次面，一年中只有在這一天，才能歡聚在一起。開懷暢飲，盡歡而散。

奇怪的是，賣雲吞的並不像是賣雲吞的，賣香餅的也不像是賣香餅的。

別人的身分雖然不能確定，至少無忌總知道黑婆婆絕不是個賣五香花生的。

難道別人也全都跟她一樣，只不過用小販來掩飾自己的身分？

他們平時是幹什麼的？

無忌喝了幾杯酒，吃了塊著名的湖北豬油豆皮，又雜七雜八的吃了很多樣東西，都是他平日絕對沒法子在同時能吃得到的。

主人看著他，目光充滿了笑意。「我喜歡胃口好的年輕人，強壯、不做虧心事的人，才會有好胃口。」

他說的話好像都有點奇怪，卻又全都很有道理。

他又問無忌：「你看他們是不是都很有趣？」

無忌承認。「可是我還沒有看見什麼有趣的事，吃東西並不能算很有趣。」

主人微笑道：「你就會看到的。」

無忌還沒有看見一件有趣的事，這些人就已經走了。

臨走之前，每個人又向這神秘的主人磕頭祝福，然後彼此招呼！

「明年再見！」

招呼的聲音還在耳畔，他們的人就已經全都走得乾乾淨淨，都將他們帶來的擔子、櫥子、生財的傢伙，全都留了下來，難道他們已經醉得連自己吃飯的傢伙都忘記了？

司空曉風忍不住道：「你爲什麼不叫他們把東西帶走？」

主人道：「這本就是他們特地帶來送給我的，怎麼會帶走？」

司空曉風道：「他們爲什麼要送你這些東西？」

主人道：「因爲他們知道我要養三十個隨從，八百匹馬！」

司空曉風忍不住笑道：「可是，你要這些東西幹什麼？難道你也想改行賣雲呑麵？」

主人也笑了。

就在這時候，樹林外又響起了另外一個人的聲音，就像是雷聲一樣，震得人耳朵「轟隆隆」的響。

一個人大笑著道：「我就知道你一定在這裡，你躲不了我的！」

賭鬼與殭屍

一

笑聲開始的時候，還在很遠的地方，笑聲剛結束，這個人已到了他們的面前。

一個幾乎比胡巨還高的大漢，一手提著一個足足可以裝得下一石米的蔴袋，背上還揹著一個，卻像是燕子般從樹林飛掠而來。

無忌只看見人影一閃，這個人已站在馬車門外。

如果他不是親眼看見，他實在無法相信，這麼樣的一條大漢，會有這麼靈巧的身法。

四月的天氣，已經開始熱了，這大漢卻還穿著件羊皮襖，滿頭亂草般的頭髮就用根繩子綁住，赤足上穿著雙草鞋。

他的腳還沒有站穩，卻已指著主人的鼻子大笑道：「好小子，你真有兩手，連我都想不到你今年會選在這樣一個地方，居然就在大路邊，居然叫你那些徒子徒孫扮成賣雲吞的小販。」

對這個人人都很尊敬的主人，他卻連一點尊敬的樣子都沒有。

可是主人並沒有見怪，反而好像笑得很愉快，道：「我也想不到你今年還能找來。」

這大漢笑道：「我軒轅一光雖然逢賭必輸，找人的本事卻是天下第一！」

主人道：「你輸錢的本事也是天下第一。」

軒轅一光道：「那倒一點也不假。」

主人道：「你既然知道你逢賭必輸，爲什麼今年又來了？」

軒轅一光道：「每個人都有轉運的時候，今年我的霉運已經走光了，已經轉了運。」

主人道：「今年你真的還想賭？」

軒轅一光道：「不賭的是龜孫子。」

他忽然將帶來的三個麻袋裡的東西全都抖了出來，道：「我就用這些，賭你那些徒子徒孫們留下來的擔子。」

無忌又呆了。

從麻袋裡抖出來的，雖然也是五花八門，什麼樣的東西都有，卻沒有一樣不是很値錢的。

地上金光閃閃，金燭台、金香爐、金菩薩、金首飾、金冠、金帶、金條、金塊、金錠、金壺、金杯、金瓶，甚至還有個金夜壺。

只要是能夠想得出來，能用金子打成的東西，他麻袋裡一樣都不少，有些東西上，還鑲著比黃金更珍貴的明珠寶玉。

這個人是不是瘋子？

只有瘋子才會用這許多黃金來博幾十擔賣零食小吃的生財用具。

想不到主人居然比他更瘋，居然說：「我不賭。」

軒轅一光的臉立刻就變得好像挨了兩耳光一樣，大叫道：「你爲什麼不賭？」

主人道：「因爲你的賭本還不夠。」

誰也不會認爲他的賭本還不夠的，想不到他自己反而承認了，苦著臉道：「就算我這次帶來的賭本還差一點，你也不能不賭！」

主人道：「爲什麼？」

軒轅一光道：「這十年來，我連一次也沒有贏過你，你總得給我一次機會。」

主人居然還在考慮，考慮了很久，才勉強同意：「好，我就給你一次機會！」

他的話還沒有說完，軒轅一光已經跳起來，道：「快，快拿骰子來。」

骰子早已準備好了，就好像主人早就準備了他要來似的！

用白玉雕刻成的骰子、用黃金打成的碗。

軒轅一光立刻精神抖擻，道：「看見這三顆骰子我就痛快，輸了也痛快！」

主人道：「誰先擲？」

軒轅一光道：「我。」

主人道：「只有我們兩人賭，分不分莊家？」

軒轅一光道：「不分。」

主人道：「那麼你就算擲出個四五六來，我還是可以趕。」

軒轅一光道：「好，我就擲個四五六出來，看你怎麼趕。」

他一把從碗裡抓起了骰子，用他食指、中指和無名指中間那個關節夾住，「叮，叮，叮」，在碗邊敲了三下，然後高高的抓起來，「花郎郎」一把灑下去。

他的手法又純熟，又漂亮，只看見三顆白花花的骰子在黃澄澄的碗裡轉來轉去，轉個不停。

第一顆骰子停下來，是個「四」，第二顆骰子停下來，是個「六」。

軒轅一光大喝一聲。

「五！」

第三顆骰子居然真的擲出了個「五」，他居然真的擲出了個「四五六」。

除了三骰同點的「豹子」之外，「四五六」就是最大的了。

擲骰子要擲出個「豹子」，簡直比要鐵樹開花還困難。

軒轅一光大笑，道：「看來我真的轉運了，這一次我就算想輸都不容易。」

他忽然轉臉看著無忌，忽然問：「你賭過骰子沒有？」

無忌當然賭過。

他並不能算是個好孩子，什麼樣的賭他都賭過，他常常都會把「壓歲錢」輸得精光。

主人道：「你替我擲一把怎麼樣？」

無忌道：「好。」

只要是他認爲並不一定要拒絕的事，他就會很痛快的說「好」！

下。

他一向很少拒絕別人的要求。

主人道：「我可不可以要他替我擲這一把？」

軒轅一光道：「當然可以。」

主人道：「他若擲出個豹子來，你也不後悔？」

軒轅一光道：「他若能擲出個豹子，我就……」

主人道：「你就怎麼樣？」

軒轅一光斷然道：「我就隨便他怎麼樣。」

主人道：「這意思就是說，他要你幹什麼，你就幹什麼？」

軒轅一光道：「不錯。」

主人道：「你知不知道這句話是不能隨便說出來的。」

軒轅一光道：「爲什麼？」

主人道：「以前我認得一個很喜歡跟我朋友賭氣的女孩子，也常常喜歡說這句話！」

軒轅一光道：「結果呢？」

主人道：「結果她就做了我那個朋友的老婆。」

無忌忽然笑了笑，道：「但是你可以放心，不管怎麼樣，我都不會要你做我老婆。」

他也像軒轅一光一樣，抓起了骰子，用三根手指夾住，「叮，叮，叮」，在碗邊敲了三

「花郎郎」一聲，三顆骰子落在碗裡，不停的打轉。

軒轅一光盯著這三顆骰子，眼睛已經發直。

主人忽然嘆了口氣，說道：「你又輸了。」

這句話說完，三顆骰子都已停下來，赫然竟是三個「六」。

「六豹」，這是骰子中的至尊寶。

軒轅一光怔住了，怔了半天，忽然大吼一聲：「氣死我也！」凌空翻了三個跟斗，就已人影不見。

他說走就走，走得比來時還快，若不是他帶來的那些金杯、金碗、金條、金塊還留在地上，就好像根本沒有他這麼樣的一個人來過。

二

司空曉風一直帶著微笑，靜坐在一旁欣賞，這時才開口，說道：「我記得昔年『十大惡人』中有個『惡賭鬼』軒轅三光。」

那當然已經是很久很久以前的事了。

在那個多姿多彩的時代裡，江湖中英雄輩出。

「惡賭鬼」軒轅三光、「血手」杜殺、「不吃人頭」李大嘴、「不男不女」屠嬌嬌、「迷死人不賠命」蔡咪咪、「笑裡藏刀」哈哈兒……

還有那天下第一位聰明人兒小魚兒和他的那孿生兄弟花無缺，都是當時名動天下的風雲人物。

直到現在，他們的名字還沒有被人淡忘，他們的光采也沒有消失。

司空曉風道：「但是我卻不知道江湖中有個叫軒轅一光的人。」

主人微微一笑，說道：「你當然不會知道他的。」

司空曉風道：「爲什麼？」

主人道：「因爲你不賭。」

司空曉風道：「他也是個賭鬼了？」

主人道：「他比軒轅三光賭得還兇，也比軒轅三光輸得還多。」

司空曉風承認：「他的確能輸。」

主人道：「軒轅三光要等到天光、人光時，錢才會輸光。」

司空曉風道：「他呢？」

主人道：「天還沒有光，人也沒有光時，他的錢已經輸光了，而且一次就輸光。」

司空曉風道：「所以他叫做軒轅一光？」

主人微笑道：「難道你還能替他取個更好的名字？」

司空曉風也笑了：「我不能。」

主人又問無忌，「他這個人是不是很有錢？」

無忌只有承認：「是的。」

主人道：「他一定也不會忘記你的，能夠一把就擲出三個六點來的人，畢竟不太多。」

無忌應道：「這種人的確不太多。」

主人道：「能夠找到你替我捉刀，是我的運氣，我當然也應該給你吃點紅。」

無忌也不反對。

主人道：「那些擔子上的扁擔，你可以隨便選幾根帶走。」

無忌道：「好！」

他並沒有問：「我又不賣雲吞，要那麼多扁擔幹什麼？」

他認爲這種事既沒有必要拒絕，也不值得問。

主人看著他，眼睛裡帶著欣賞之色，又道：「你可以去選五根。」

無忌道：「好。」

他立刻走過去，隨便拿起根扁擔，剛拿起來，臉上就露出驚異之色。

這根扁擔好重好重，他幾乎連拿都拿不住。

他又選了一根，臉上的表情更驚奇，忍不住問道：「這些扁擔，難道都是金子打成的？」

主人道：「每一根都是。」

無忌道：「是純金？」

主人道：「十成十的鈍金。」

不但扁擔是純金打成的，別的東西好像也是的，就算不是純金，也是純銀。

無忌這才知道，軒轅一光並沒有瘋，主人也沒有瘋，瘋的是那些小販。

主人笑了笑，說道：「其實他們也沒有瘋。」

無忌道：「沒有？」

主人道：「他們知道我要養三十個隨從、八百匹馬，也知道我開支浩大、收入全無，所以每年的今天，他們都會送點東西來給我。」

他們當然不是賣雲吞的，賣三百年雲吞，也賺不到這麼樣一根扁擔。

主人道：「以前他們本是我的舊部，現在卻已經全都是生意人了。」

無忌道：「看來他們現在做的生意一定很不錯。」

他並不想問得太多，也不想知道太多。

主人卻又問他：「你認得黑婆婆？」

無忌道：「認得。」

主人說道：「你知道她是做什麼生意的？」

無忌道：「不知道。」

主人道：「你也不想知道？」

無忌道：「不想！」

主人道：「爲什麼不想？」

無忌道：「每個人都有權爲自己保留一點隱私，我爲什麼要知道？」

主人又笑了：「他們也不想讓人知道，所以，他們每年來的時候，行蹤都很秘密。」

無忌道：「我看得出。」

主人道：「我們每年聚會的地方，也很秘密，而且每年都有變動。」

無忌沉思著，忽然問道：「可是軒轅一光每年都能找到你！」

主人道：「這是他一年一度的豪賭，他從來都沒有錯過！」

無忌微笑道：「他輸錢的本事，確實不錯。」

主人道：「豈只不錯，簡直是天下第一。」

無忌道：「他找人的本事也是天下第一？」

主人道：「絕對是。」

無忌眼睛亮了，卻低下了頭，隨便選了五根扁擔，用兩隻手抱著走過來。這五根扁擔真重。

主人看看他，淡淡的笑道：「如果他想找一個人，隨便這個人藏在哪裡，他都有本事找到，只可惜別人要找他卻很不容易。」

無忌好像根本沒有聽見他在說什麼，慢慢的將扁擔放下來，忽然道：「我的馬雖然不是大宛名種，可是我也不想把牠壓死。」

主人立刻明白了他的意思：「這五根扁擔會把牠壓死？」

無忌道：「這五根扁擔甚至可以把我都壓死！」

主人卻笑道：「你當然是不想死。」

無忌道：「所以我現在只有把它留在這裡，如果我要用的時候，我一定會來拿的。」

主人道：「你能找得到我？」

無忌道：「就算我找不到，你也一定有法子能讓我找到的。」

主人道：「你是不是一向都很少拒絕別人？」

無忌道：「很少。」

主人嘆了口氣，道：「那麼我好像也沒法子拒絕你了。」

無忌抬起頭，凝視著他，說道：「所以，你一定要想法子，讓我能夠隨時都可以找到你。」

主人又笑了，轉向司空曉風，道：「這個年輕人，看來好像比你還聰明。」

司空曉風微笑道：「他的確不笨！」

主人道：「我喜歡聰明人，我總希望聰明人能活得長些。」

他這句話又說得很奇怪，其中又彷彿含有深意。

無忌也不知是否已聽懂。

主人忽然摘下了扶手上的金鐘，拋給了他，道：「你要找我的時候，只要把這金鐘敲七次，次次敲七下，就會有人帶你來見我的。」

無忌沒有再問，立刻就將金鐘貼身收起，收藏得很慎重仔細。

司空曉風臉上已露出滿意的微笑。

這時，遠處有更鼓聲傳來，已經是二更了。

深夜中本該有更鼓聲，這並不是件值得驚奇的事。

無忌卻好像覺得很驚奇。

這兩聲更鼓雖然很遠，可是入耳卻很清晰，聽起來，就好像有人在耳邊敲更一樣。

他忍不住問道：「現在真的還不到三更？」

沒有人回答他的話。

所有的燈光已全都熄滅。

樹林裡立刻又變得一片黑暗，從車廂裡漏出的燈光中，隱約可以看見又有一群人走了過來。還抬著一個很大的箱子。

遠遠的看過去，這個箱子竟像是口棺材。

主人忽然嘆了口氣，喃喃道：「他終於還是來了。」

無忌道：「來的是誰？」

主人臉上露出種很奇怪的表情，過了很久，才一個字一個字的回答：

「是個死人。」

三

死人通常都是在棺材裡！

那口箱子，果然不是箱子，是一口棺材。

八個又瘦又長的黑衣人，抬著這口漆黑的棺材走過來。

棺材上居然還坐著一個人，穿著一身雪白的衣服，竟是個十多歲的小孩。

等到燈光照在這小孩臉上，無忌就吃了一驚。

這小孩居然就是剛才帶他來的那個小孩，只不過是換了雪白的衣服而已！

他爲什麼忽然坐到棺材上去？

無忌正想不通，旁邊已有人在拉他的衣角，輕輕的問：「你看棺材上那小孩，像不像我？」

無忌又吃了一驚。拉他衣裳的小孩就是剛才帶他來的那個小孩，身上還是穿著那套鮮紅的衣服。

兩個小孩子竟然長得一模一樣。

「篤！篤！篤！」

更聲又響起，無忌終於看見了這個敲更的人，青衣、白褲、麻鞋、蒼白的臉，手裡拿著輕鑼、小棒、竹更鼓和一根白色的短杖。

「奪命更夫」柳三更也來了！

他沒有看見無忌，他什麼都看不見。

他還在專心敲他的更。

現在雖然還不到三更，可是兩更已經過了，三更還會遠嗎？

要等到什麼時候才是三更？

這次他準備奪誰的魂？

穿白衣裳的小孩端端正正、筆筆直直的坐在棺材上，連動都沒有動。

穿紅衣裳的小孩正在朝著他笑。

他板著臉，不理不睬。

穿紅衣裳的小孩子衝著他做鬼臉。

他索性轉過頭，連看都不看了。

這兩個小孩長得雖然一模一樣，可是脾氣卻好像完全不同。

無忌終於忍不住，悄悄的問道：「你認得他？」

「當然認得，」穿紅衣裳的小孩說。

無忌又問：「他是你的兄弟？」

「他是我的對頭。」

無忌更驚奇！「你們還都是小孩子，怎麼就變成了對頭？」

穿紅衣裳的小孩道：「我們是天生的對頭，一生下來就是對頭。」

無忌再問：「棺材裡是什麼人？」

小孩嘆了口氣：「你怎麼愈來愈笨了，棺材裡當然是個死人，你難道連這種事都不知道？」

棺材已放了下來，就放在車門外，漆黑的棺材，在燈下閃閃發光。

不是油漆的光！

這口棺材難道也像那些扁擔一樣？也是用黃金鑄成的？

抬棺材的八個黑衣人，雖然鐵青著臉，全無表情，但額上都已有了汗珠。

這口棺材顯然重得很，好像真是用金鑄成的。

他們用一口黃金棺材，把一個死人抬到這裡來幹什麼？

四

穿白衣裳的小孩還坐在棺材上，忽然向柳三更招了招手。

柳三更就好像能看得見一樣，立刻走過來，彎下了腰。

穿白衣裳的小孩慢慢的站起來，居然一腳踩過去，站到他肩上去了。

這位名動江湖的奪命更夫，看來竟對這小孩十分畏懼尊敬，就讓他站在自己肩上，連一點不高興的樣子都沒有。

穿紅衣裳的小孩又在跟無忌悄悄道：「你信不信，他自從生下來，腳上就沒有沾過一點泥。」

無忌道：「我信。」

穿紅衣裳的小孩嘆了口氣，道：「可是我的腳上卻全是泥。」

無忌道：「我喜歡腳上有泥的孩子，我小時候連臉上都有泥。」

穿紅衣裳的小孩又笑，忽然握住他的手，道：「我也喜歡你，雖然你有時候會變得傻傻的，我還是一樣喜歡你。」

無忌也想笑，卻沒有笑出來。

棺材的蓋子，已經被掀起，一個人筆筆直直的躺在棺材裡，雙手交叉，擺在胸口，雪白的衣裳一塵不染，慘白枯槁的臉上更連一點血色都沒有，看來就像是已死了很久，已經變成了殭屍。

棺木漆黑，死人慘白，在黯淡的燈光下看來，顯得更詭異可怖。

他們爲什麼要把這口棺材打開，難道是想讓這個殭屍，看看那個主人，還是想讓那個主人，看看這個殭屍？殭屍閉著眼。

殭屍也沒有什麼好看的。

可是主人卻的確在看著他，忽然長長嘆息，道：「一年總算又過去了，你過得還好？」

他居然像是在跟這個殭屍說話。

難道殭屍也能聽得見？

殭屍不但能聽得見，而且還能說話，忽然道：「我不好。」

聽到這三個字從一個殭屍嘴裡說出來，連司空曉風都吃了一驚。

他不能不想到在那些神秘古老的傳說中，種種有關殭屍復活的故事。

殭屍又問道：「你呢？」

主人道：「我也不好。」

殭屍忽然長嘆了口氣，道：「蕭東樓，你害了我，我也害了你。」

直到現在無忌才知道，這個神秘的主人名字叫蕭東樓。

這個殭屍又是什麼人呢？

他的聲音雖然沙沙冷冷，卻又帶著種說不出的悲傷和悔恨。

一個人若是真的死了，真的變成了殭屍，就不會有這種感情。

但是他看起來卻又偏偏是個死人，完全沒有一點生氣，更沒有一點生機。

他就算還活著，也未必是他自己想活著。

因爲他已沒有生趣。

蕭東樓一直帶著微笑的臉，在這瞬間彷彿也變得充滿悔恨哀傷，可是他立刻又笑了，微笑道：「我就知道你一來就會說出我的名字。」

殭屍道：「你若是不願讓別人知道你的名字，我可以把聽見這三個字的，全都殺了！」

蕭東樓說道：「你知道他們是什麼人嗎？」

殭屍說道：「不管他們是什麼人都一樣。」

他連眼睛都沒有睜開，天下根本就沒有一個人能被他看在眼裡。

而他自己卻只不過是個只能躺在棺材裡，終年見不到陽光的殭屍。

無忌忽然笑了。笑的聲音很刺耳。

他從來不願拒絕別人的好意，也從來不肯受別人的氣。

這殭屍眼睛雖然閉著，耳朵卻沒有塞上，當然應該聽得出他的意思。

這麼樣一雙發亮的眼睛。

殭屍果然在問：「你在笑誰？」

無忌回答得很乾脆：「笑你！」

殭屍道：「我有什麼可笑的？」

無忌道：「你說的話不但可笑，簡直滑稽。」

殭屍眼睛裡忽然射出比閃電還亮的光，無論誰都絕不會想到，這麼樣一個垂死的人，竟有這麼樣一雙發亮的眼睛。

這雙眼睛正在瞪著無忌。

無忌居然也在瞪著這雙眼睛，臉色居然連一點都沒有變。

殭屍道：「你知道我是什麼人？」

無忌冷冷道：「不管你是什麼人都一樣。」

這句話剛一說完，殭屍已直挺挺站了起來。

他全身上下連動都沒有動，誰也看不出他是怎麼站起來的。

他既沒有伸腳，也沒有抬腿，可是他的人忽然間就已到了棺材外，伸出一雙瘦骨嶙峋的大手，憑空一抓，就有幾件金器飛入他手裡。

金壺、金杯、金碗，都是純金的，到了他手裡，卻變得像是爛泥，被他隨隨便便一捏、一搓，就搓成了根金棍，迎面一抖，伸得筆直。

無忌手心已沁出冷汗。

看見了這樣的氣功和掌力，如果說他一點都不害怕，那是假的。

只不過，他就算怕得要命，也絕不會退縮逃避。

殭屍又在問：「現在你信不信我隨時都可以殺了你？」

無忌道：「我信。」

殭屍道：「剛才你笑的是誰？」

無忌道：「是你。」

殭屍忽然仰天長嘯，一棍刺了出去，這一棍的速度和力量，天下絕沒有任何人能招架閃避。

可是這一棍並沒有刺在無忌身上。

他刺的是蕭東樓。

蕭東樓當然更無法閃避。

只見金光閃動，沿著他手足少陽穴直點下去，一瞬間就已點了他正面六十四處大小穴道。金棍忽然又一挑，竟將他的人輕飄飄的挑了起來，又反手點了他背後六十四處穴道，用的手法之奇，速度之快，不但駭人聽聞，簡直不可思議。

人身上三十六大穴、七十二小穴，本來就至少有一半是致命的要害，在這種手法下，處處都是要害。

可是蕭東樓並沒有死。

他已經輕飄飄的落下，落在他的軟榻上，臉上反而顯出種很輕鬆的表情，就好像久病初癒，又像是剛放下了副極重的擔子。

然後他才長長吐出口氣，喃喃道：「看來我又可以再捱一年了。」

殭屍道：「我呢？」

蕭東樓道：「只要我不死，你就會不死。」

殭屍道：「因爲你知道只有我能保住你的命。」

蕭東樓道：「這一點，我絕不會忘記。」

殭屍道：「解藥在哪裡？」

蕭東樓慢慢的伸出手，手裡已有了個小小的青花瓷瓶。

吃下了瓷瓶裡的藥，殭屍臉上也有了蕭東樓同樣的表情。

然後他就進了棺材，筆筆直直的躺下去，閉上眼睛，彷彿已睡著了。

穿紅衣裳的小孩一直緊緊拉著無忌的手，好像生怕他沉不住氣，更怕他會多管閒事。

直到殭屍躺下，他才放了心，悄悄道：「剛才我真有點怕。」

無忌道：「怕什麼？」

穿紅衣裳的小孩說道：「怕你衝過去救我師傅，只要你一出手，就害了他。」

無忌道：「爲什麼？」

穿紅衣裳的小孩道：「我也弄不太清楚，我只知道他的真氣鬱結，非要這殭屍用獨門手法替他打通不可，因爲他的身子軟癱，根本沒法子疏導自己的真氣，除了這殭屍外，也絕對沒有任何人能一口氣打遍他全身一百二十八處穴道。」

他想了想，又道：「最重要的就是這一口氣絕不能斷，一斷就無救了。」

無忌道：「這是你師傅的秘密，你本來不該告訴我的。」

紅衣裳的小孩道：「我們已經是朋友了，我爲什麼不能告訴你？」

無忌沒有再說什麼。

他是很容易就會感動的人，他被感動的時候，總是會說不出話的。

穿紅衣裳的小孩眼珠子轉了轉，忽然問道：「如果那殭屍再來問你，剛才你在笑誰？你怎麼說？」

無忌毫無考慮道。「我在笑他。」

穿紅衣裳的小孩又問道：「你看不看得出他點穴時用的是什麼手法？」

無忌道：「是不是劍法？」

穿紅衣裳的小孩道：「不錯，是劍法，能夠用劍法點穴，並不是件容易事。」

無忌承認。

劍法講究的是輕靈流動，本就很不容易認準別人的穴道。

穿紅衣裳的小孩道：「你有沒有看見過那麼快的劍法？」

無忌道：「沒有。」

他又補充：「我也沒有看見過那麼準的劍法，不但能夠一口氣刺出一百二十八劍，而且，每一劍都能夠認準穴道，毫厘不差。」

穿紅衣裳的小孩說道：「你莫非也佩服他？」

無忌道：「我只佩服他的劍法。」

穿紅衣裳的小孩笑了：「你知不知道我爲什麼喜歡你？」

他相信無忌就算知道，也不會說出來的。

所以他自己說了出來：「你這個人的骨頭真硬，硬得要命！」

無忌並沒有反對的意思，這一點本就是他常常引以爲傲之處。

穿紅衣裳的小孩忽然又問：「你看那個小孩是不是一直在瞪著我？」

無忌也早就注意到這一點。

那個腳上從來不沾泥的小孩，一直都在用一雙又圓又亮的眼睛瞪著他們。

穿紅衣裳的小孩說道：「他一定氣死了！」

無忌道：「他爲什麼生氣？」

穿紅衣裳的小孩道：「因爲他在等我，我卻在這裡跟你聊天。」

無忌道：「他等你幹嘛？」

穿紅衣裳的小孩道：「他在等著跟我打架。」

無忌道：「打架？」

穿紅衣裳的小孩道：「他的師傅到這裡來除了要解藥外，就是爲了要他跟我打架。」

他又笑了笑：「我們從八歲的時候開始，每年打一次，已經打了五年。」

無忌道：「你們爲什麼要打？」

穿紅衣裳的小孩道：「因爲他的師父跟我的師父已經沒法子再打了，所以他們就同時收了個徒弟，師父既然沒法子再打，就叫徒弟打，誰的徒弟打贏，就是誰的本事大。」

無忌看看他，再看看那個腳上從來不沾泥的小孩，忍不住問道：「你們是不是兄弟？」

穿紅衣裳的小孩板著臉，道：「我們不是兄弟，我們是天生的對頭。」

無忌道：「他既然在等你，爲什麼不叫你過去？」

穿紅衣裳的小孩道：「因爲他要裝得像是個很有風度的人，而且很有修養、很沉得住氣。」

無忌道：「所以，你現在故意要激他生氣？」

穿紅衣裳的小孩道：「他學的是劍法，我學的是內力，如果我不氣氣他，恐怕已經被他打敗了五次。」

無忌明白他的意思。

學劍著重敏悟，內力著重根基，兩者雖然殊途同歸，學劍的進度，總是比較快些。可是不管學什麼的，在交手時都不能生氣。

生氣就會造成疏忽，不管多麼小的疏忽，都可能致命。

穿白衣裳的小孩已經有點沉不住氣了，忽然大聲道：「喂！」

穿紅衣裳的小孩不理他。

穿白衣裳的小孩聲音更大：「喂，你幾時變成聾子？」

穿紅衣裳的小孩終於回頭看了他一眼，道：「你在跟誰說話？」

穿白衣裳的小孩道：「跟你！」

穿紅衣裳的小孩道：「我又不是叫喂。」

穿白衣裳的小孩忽然一縱身，從柳三更的肩頭掠上了車頂，道：「不管你叫什麼都一樣，你過來！」

穿紅衣裳的小孩終於慢吞吞的走過去，道：「我已經過來了！」

穿白衣裳的小孩道：「你上來！」

穿紅衣裳的小孩搖頭道：「我不能上去。」

白小孩道：「爲什麼？」

紅小孩道：「我總不能在我師傅的頭頂上跟你打架。」

他笑了笑，又道：「你可以沒有規矩，但是我不能沒有規矩。」

白小孩的臉已氣紅了，忽然跳了下來，大雨剛停，他的身法雖然輕，還是濺起了一腳泥。

紅小孩道：「哎呀！」

白小孩道：「哎呀什麼？」

紅小孩道：「我在替你的腳哎呀，像你這麼樣有身分的人，腳上怎麼能夠沾到泥？」

白小孩冷笑道：「你用不著替我擔心，我隨時都有鞋子換。」

紅小孩道：「你有多少雙鞋子？」

白小孩冷冷一笑，道：「至少也有七八十雙。」

紅小孩大笑，道：「好，好極了，你的鞋子簡直比楊貴妃還多！」

他故意作出很誠懇的樣子：「只不過我還是有點替你擔心。」

白小孩的臉已經氣得發白，卻忍不住問道：「你擔心什麼？」

紅小孩道：「我怕你長不高。」

這兩個小孩看起來本來是一模一樣的，等他們站到一起時，別人才能看得出這個紅小孩比白小孩至少高出了兩寸。

紅小孩又說道：「腳上不肯沾到泥的小孩子，總是長不高的，何況，你又太會生氣。」一個小孩故意在逗另外一個小孩生氣，另外這個小孩雖然拚命想做出大人的樣子，不跟那個小孩一般見識，卻偏偏還是忍不住氣得要命，說出來的還是些孩子話。看著這麼兩個長得一模一樣的漂亮小孩淘氣鬥嘴，本來是件很好玩的事。

可是等到他們一出手，就沒有人覺得好玩了。

兩個小孩

一

兩個小孩玩把戲，
長得有點像兄弟。
一個小孩笑嘻嘻，

一個小孩愛生氣。
一個小孩騎馬來，
一個小孩滿腳泥。
哎呀！
既然你們是兄弟，
相煎何太急？

他們用的是劍，兩柄形式、長短、份量、鋼質都完全一樣的劍。
紅小孩先選了一柄。「你是專練劍法的，應該讓我三招。」
白小孩連一招都沒有讓。
他拔劍的動作遠比紅小孩快，出手也快，一瞬間就刺出十一劍。
紅小孩笑了。
這個白小孩又中了他的計，他本來就是要讓對方先出手的。
因爲他的劍法並不以快取勝，「以靜制動，以慢打快，後發制人」，才是他劍法中的精義。
可是白小孩的劍法並沒有被制住。
他的出手快、準、狠，每一劍都是致命的殺手，絕不給對方留餘地。
他們的人雖然可愛，劍法卻遠比任何人想像中都可怕得多。

蕭東樓看出了司空曉風臉上驚異的表情，微笑著問道：「你看他們倆的劍法如何？」

司空曉風道：「如果昔年那位百曉生還在，這兩個小孩的劍，都一定可以在他的兵器譜上排名！」

那就是說，這兩個小孩的劍術，都可以列入天下前五十名高手之林。

現在他們只不過才十一二歲。

蕭東樓忽然嘆了口氣，道：「只可惜他們永遠也不會成爲天下第一高手。」

司空曉風道：「爲什麼？」

蕭東樓道：「因爲他們太聰明。」

司空曉風道：「聰明有什麼不好？」

蕭東樓道：「要做天下第一高手，除了劍法勝人外，還得要有博大的胸襟，和一種百折不回的勇氣與決心，那一定要從無數慘痛經驗中才能得來。」

他苦笑著道：「太聰明的人總是禁不住這種折磨的，就一定會想法子去避免，而且總是能夠避得過去。」

司空曉風道：「沒有真正經過折磨的，永遠不能成大器。」

蕭東樓道：「絕對不能。」

司空曉風：「可是受過折磨的人，也未必能成大器。」

蕭東樓道：「所以近數十年的武林中，根本已沒有『天下第一高手』這六個字。」

司空曉風道：「昔年曾經和陸小鳳陸大俠唯一傳人花滿天決戰於崑崙之巔的西門公子如

何？」

蕭東樓道：「你知不知道那一戰的結果？」

司空曉風道：「據說他們兩位都落入了萬丈絕壑下，同歸於盡了。」

蕭東樓道：「西門公子若真是天下第一高手，又有誰能逼得他同歸於盡！」

司空曉風目光閃動，道：「此刻躺在棺材裡的這位朋友呢？」

蕭東樓淡淡的笑了笑，說道：「他若是天下第一高手，又怎麼會變成了現在這樣子？」

司空曉風沒有再問下去。

就在這片刻之間，那兩個小孩的搏鬥已愈來愈激烈凶險。

他們的出手也愈來愈險惡，照這樣打下去，很可能也會像花滿天和西門公子一樣，落得個兩敗俱傷，同歸於盡。

可是現在他們已欲罷不能，誰都不能先收手。

就在這時候，忽然間「叮」的一聲響，一道白光飛來，打斷了他們手裡的兩柄劍。

兩截斷劍隨著一根白色的短杖落下來，兩個小孩子人也被震開了。

站在他們中間的，竟是那個什麼都看不見的瞎子柳三更。

白小孩臉色鐵青，厲聲道：「你這是幹什麼？」

柳三更慢慢拾起地上的短杖，一言不發，垂著頭退下去。

蕭東樓微笑道：「柳先生為什麼不說話？」

柳三更道：「我只不過是個奴才而已，怎麼敢說話。」

蕭東樓笑道：「名滿天下的『奪命更夫』，怎麼會是別人的奴才！」

殭屍忽然道：「他是的。」

直到現在爲止，無忌還是不相信柳三更會承認自己是別人的奴才。可是他的確承認了，臉上甚至連一點憤怒不服的表情都沒有。

殭屍道：「他的骨血靈魂都已屬於我，我可隨時要他去死，我的兒子也可以隨時要他去死！」

柳三更臉上全無表情，道：「我隨時都在準備著去爲侯爺而死。」

白小孩冷笑道：「那麼你現在就去吧。」

柳三更毫不考慮，立刻拔出了短杖中的藏劍，往自己咽喉割了過去。

無忌想衝過去救他，已經來不及了。劍鋒已割破他的咽喉，鮮血已湧出，白小孩的臉色變了。

殭屍忽然道：「住手！」柳三更的動作立刻停頓。

殭屍冷冷道：「現在，你是不是還要他死？」

他問的是白小孩。白小孩咬著嘴唇，終於搖了搖頭。

殭屍道：「很好。」

柳三更的劍垂落，咽喉雖已被割破一道血口，臉上還是連一點表情都沒有。

殭屍又問白小孩：「現在你明不明白，你衝口說出來的一句話，就可以定別人的生死。」

白小孩道：「我明白了。」

殭屍道：「明白就好。」

白小孩道：「可是下次他如果還敢打斷我的劍，我還是會要他死的。」

殭屍道：「好極了。」

白小孩的氣還沒有平，又道：「剛才是誰叫他出手的？」

殭屍道：「是我。」

白小孩怔住了。

殭屍道：「下次就算你明知是我叫他出手的，只要他打斷了你的劍，你還是可以殺了他。」

他冷冷的一哂，接著道：「無論是誰若打斷了你的劍，無論他是為了什麼，你都不能放過他，你就算要死，也得先殺了他。」

白小孩挺起胸，大聲道：「我明白了，我一定能做到！」

——劍，就是劍客的榮譽。

——劍客的榮譽，遠比性命更重要，不管是誰的性命都一樣。

這就是殭屍要給這小孩的教訓。

他要這小孩做一個絕代的劍客，他要這小孩為自己而驕傲。

蕭東樓忽然說道：「你過來。」他叫的是那紅小孩，「你的劍是不是也被人打斷了？」

紅小孩道：「是的。」

蕭東樓道：「現在你準備怎麼辦？」

紅小孩道：「這把劍反正是他們帶來的，他們要打斷自己的劍，跟我有什麼關係。」

蕭東樓道：「你自己的劍若被人打斷了呢？」

紅小孩道：「那麼我就再去買把劍來練，直練到別人打不斷我的劍爲止。」

蕭東樓大笑，道：「好，好極了。」

他要他的孩子做一個心胸博大的人，不要把一時的成敗利害看得太重。

如果不能做一個堂堂正正的人，又怎麼能做絕代無雙的劍客？

無忌忍不住在心裡問自己。

這兩個小孩今日雖然不分勝負，以後呢？

二

東方已微白，遠處已有雞啼。

蕭東樓道：「天又快亮了，你又該走了。」

只有死人才是見不得陽光的，這殭屍難道真是個活死人？

白小孩瞪著紅小孩，道：「明年我一定能擊敗你，你等著。」

紅小孩笑道：「我只希望你明年能長高些。」

這次無忌沒有笑。

他知道這殭屍一定不會放過他的，他一直在等著。

可是他想錯了。

殭屍又筆筆直直的躺了下去，闔上了眼睛，似乎已忘了他這麼樣一個人。

無忌忽然衝了過去，大聲道：「剛才我笑的是你。」

殭屍道：「我知道，你已經說過了兩次。」

無忌道：「難道你就這麼樣走了？」

殭屍道：「你是不是一定想要我殺了你？」

無忌道：「是。」

殭屍終於張開眼睛，一個存心要找死的人，無論誰都忍不住想要看看的。

無忌道：「你不肯出手，只因爲你根本沒有把我看在眼裡，人生在世，被人如此輕賤，活著又有什麼意思？」

殭屍道：「你不怕死？」

無忌道：「大丈夫生而無歡？死有何懼！」

殭屍盯著他，眼睛裡寒光如電。

無忌也瞅著他，絕沒有一點退縮的意思。

殭屍冷冷道：「你若真的想死，月圓過後，到九華山去，我總會讓你稱心如意。」

無忌想也不想，立刻說道：「我一定去。」

殭屍的眼睛又闔起，棺材也已蓋起。

——復活的殭屍，在天亮之前，就要回到幽冥去。

穿白衣裳的小孩卻還在瞪著紅小孩，忽然道：「你能不能爲我做一件事？」

紅小孩道：「什麼事？」

白小孩道：「明年今天，你能不能先洗個澡？」

說完了這句話，他就跳上棺材，盤膝坐上，黑衣人抬起棺材，斷魂更輕輕一敲，他們走出了這座樹林子，忽然就已消失在淒迷的晨霧間。

紅小孩卻還在癡癡的往前面看，彷彿還想再找那白小孩來鬥一鬥。

無忌一直在注意著他，故意嘆了口氣，道：「看來你們真是天生的一對。」

紅小孩臉上露出種很奇怪的表情，忽然搖了搖頭，道：「我們不是對頭，我們是兄弟，若不是我比他早生半個時辰，他就是我的哥哥！」

他們果然是孿生兄弟。

蕭東樓和那殭屍既然要借下一代弟子的手，來較量他們的武功，當然要找兩個資質、年紀、智慧都完全一樣的孩子。

孿生兄弟無疑是最好的選擇。

只不過兩顆同樣的種子，在不同的環境裡生長，就未必能開出同樣的花朵了。

無忌心裡在嘆息，只覺得命運對這對兄弟未免太殘酷。

紅小孩卻又笑了。

無忌道：「你在笑什麼？又是在笑我了？」

紅小孩搖搖頭，道：「這次我是在笑我自己，我一直看錯了你。」

無忌道：「哦？」

紅小孩道：「我一直認爲你有點笨笨的，現在才知道，原來你比誰都聰明。」

他瞪著眼睛道：「剛才你去找那殭屍，是不是你早就知道他絕不會出手，別人也絕不會讓他殺了你？」

無忌不開口。

紅小孩道：「可是你也未必真的有把握。」

無忌忽然問：「你賭過錢沒有？」

紅小孩偷偷看了他師父一眼，悄悄道：「我偷偷的賭過。」

無忌道：「那麼你就應該知道，你若想贏別人的錢，自己也要冒點險。」

他笑了笑，又道：「人生中有很多事都是這樣子的，有很多很多事……」

三

天亮了。

拔倒的樹林，又被植起，零亂的物件，都已被清理乾淨。

如果昨天早上來過這裡的人，今天又來到這裡，絕不會看出這地方在昨夜一夕間曾經發生過那麼多事。

這是不是奇蹟？

蕭東樓叫人替無忌泡了壺武夷鐵觀音，微笑道：「這不是奇蹟，世上根本就沒有奇蹟，如果有，也是人造成的。」

他的言詞中總是帶著種令人不得不去深思的哲理。

「只有人才能造成奇蹟，」他說：「用他們的恆心、毅力、智慧；用巧妙的方法、嚴格的訓練，用……」

無忌道：「用金錢造成的。」

蕭東樓大笑，道：「不錯，金錢當然是永遠不能缺少的一樣東西。」

司空曉風道：「幸好金錢也不是最主要的一樣東西，並不是每個有錢人都能做出你做出的這些事。」他的話中也有深意：「錢也像是劍一樣，也得看它是在誰的手裡。」

無忌卻不想再聽下去。

他到這裡來，並不是爲了來聽別人講道理的。

蕭東樓彷彿永遠都看出他客人們的心意：「我知道你一定想走了。」

無忌立刻站起來，用行動回答了他的話。

蕭東樓道：「我想你一定會到九華山去。」

無忌道：「我一定會去。」

蕭東樓道：「九華山南望陵陽、西朝秋浦、北接五溪大通、東際雙龍峰口，峰之得名者四十有八，還有二源、十四巖、五洞、十一嶺、十八泉，是個很大很大的地方。」

無忌道：「我知道。」

蕭東樓道：「那麼你爲什麼不問他要到哪裡去？」

無忌道：「我不必問。」

蕭東樓道：「你能找得到他？」

無忌道：「我找不到。」

他忽然問：「如果你要到一座山上去，你叫山過來，山會不會過來？」

蕭東樓道：「不會。」

無忌道：「那你怎麼辦？」

蕭東樓道：「我自己走過去。」

無忌道：「我做事也常常用這法子，如果我找不到他，我就會想法子讓他來找我。」

無忌走了。

他要走的時候，很少有人能攔得住他——幾乎從來沒有人能攔得住他。

看著他去遠，蕭東樓才問：「你說這年輕人叫趙無忌？」

司空曉風道：「是。」

蕭東樓道：「看來他也是一個很聰明的人。」

司空曉風道：「他絕對是。」

蕭東樓道：「可是他看起來又好像有很多解不開的心事，聰明人本不該有這麼多心事的。」

司空曉風道：「我要他到這裡來，就因爲想要他變得聰明些。」

他又解釋：「他唯一解不開的心事，就是他還沒有找到他的仇人。」

蕭東樓道：「他的仇人是誰？」

司空曉風道：「上官刃。」

蕭東樓道：「是不是那個用金子打成的金人？」

司空曉風道：「是的。」

蕭東樓嘆道：「看起來他的確還不夠聰明，以他的武功，能招架上官刃十招已經很不容易！」

司空曉風道：「所以我叫他到這裡來，好讓他知道，江湖中藏龍臥虎，以他的武功，根本就不能夠闖蕩江湖，何況去復仇？」

他忽然嘆了口氣，又道：「現在我才知道我錯了。」

蕭東樓道：「錯在哪裡？」

司空曉風道：「我不該叫他來的。」

蕭東樓道：「爲什麼？」

司空曉風道：「上官刃心機深沉，既然已遠走高飛，要找他簡直難如登天。」

蕭東樓道：「現在無忌要找他豈非遇見同樣困難？」

司空曉風道：「可是現在無忌又認得軒轅一光。」

如果軒轅一光要找一個人，就算這個人躲到天邊去，他還是一樣找得到的。

這不僅是傳說，也是事實。

司空曉風又道：「上官刃身經百戰，內外功都已登峰造極，無忌本來並沒有把握能對付他，就算知道他在哪裡，也未必敢輕舉妄動。」

蕭東樓道：「現在呢？」

司空曉風道：「現在他已有了你的金鈴，又有了棺材裡那位朋友的一句話。」

蕭東樓道：「他如果真的到了九華山，如果不死在那位自稱九幽侯的朋友劍下，多多少少總會有點好處的。」

司空曉風苦笑道：「所以他的膽子一定又大得多了。」

蕭東樓道：「那也是他的運氣。」

司空曉風長嘆道：「我們不希望他有這樣的運氣。」

蕭東樓道：「我記得以前有位很聰明的人，說過一句很有道理的話。」

司空曉風道：「他說什麼？」

蕭東樓道：「他說無論一個人是天生機敏，還是天生勇敢，都不如天生幸運得好。」

他微笑，又道：「無忌既然有這樣的運氣，你又何必爲他擔心？」

司空曉風沒有再說什麼，可是神色卻顯得更憂慮，彷彿心裡有什麼不能說出來的秘密。

三　賭

贏家

一

食色性也。

這句話的意思，就是每個人都要吃飯，每個人都要做傳宗接代的那件「工作」——不管他是不是覺得愉快都一樣。

所以每個地方都有飯館，每個地方都有女人，有的女人只屬於一個男人，有的女人每個男人都可以買得到。

還有一部分女人只有一部分男人能買得到——一部分比較有錢、也比較肯花錢的男人。

除了「食色」這兩種性外，據說人類還有種「賭性」。

至少有賭性的人總比沒有賭性的人多得多。

有很多人通常都在家裡賭，在自己家裡、在朋友家裡。

可惜家裡總有不方便的時候，有時候老婆會不高興，有時候孩子會吵鬧，有時候找不到賭友。

幸好還有地方是永遠不會有這種「不方便」的時候——

賭場。

所以每個地方都有賭場。

有的賭場在地上，有的賭場在地下；有的賭場公開，有的賭場不能公開；有的賭場賭得很大，有的賭場賭得很小。

可是你只要去賭，就隨時都有可能把自己的老婆都輸掉。

在幾個比較大的城市裡，幾個賭得比較大的賭場中，最近出現了一個幸運兒。

在賭場裡，「幸運兒」的意思，通常都是贏錢的人，也就是「贏家」。

不管別人怎麼說，賭場裡多多少少總有人會贏點錢的。

在賭場裡，輸家雖然永遠比較多，可是你仍然經常可以看到贏家。

只不過，這個贏家有幾樣很特別的地方——

他只賭骰子。

只要他抓起骰子，一擲下來，準是三個六。

「六豹。」

這是骰子裡的至尊寶，根據一些有經驗的賭徒統計，大概要擲九十幾萬次骰子，才會出現這麼樣一個點子。

有些人賭了一輩子，每天都賭，每天都擲骰子，也從沒有擲出這麼樣一副點子來。

「他一定是個郎中。」有些人懷疑。

在賭場裡「郎中」這兩個字的意思，並不是看病大夫，而是「賭錢時會用假手法騙人」的人。

只不過真的郎中絕不會這麼招搖，絕不會這麼引人注意。

那是郎中的大忌。

真正的郎中絕不會犯這種忌，如果你擲出一個三點來，他最多只擲一個五點。

五點已經贏三點。

對一個真正的郎中來說，他只要能贏你，就已經足夠。

有時候他甚至會故意輸你一兩次，因為他怕你不賭。

可是這個幸運兒從來沒有輸過。

只要他一拿起骰子，擲出來的準是三個六，從來沒有一次擲錯過。

「真的有這麼樣的一個人？」

「真的。」

「他真的每次都能擲出三個六？」

「真的！」

「你看見過？」

「不止是我看見過，好多人都曾看見過。」

「他是怎麼樣擲骰子的？」

「就是這麼樣一把抓起三顆骰子來，隨隨便便的擲了下去。」

「你看不出他用了手法？」

「不但是我看不出，就連大牛都看不出！」

大牛姓張，是個很有名的賭徒，曾經把他一個從小在一起長大的朋友的最後一文錢都贏走了，卻只請他那個朋友喝了碗豆汁。

本來對這個幸運兒還有點懷疑的人，現在都不再懷疑了。

「如果連大牛都看不出，還有誰能看得出？」

「沒有人了。」

「難道這個人天生走運？天生就是個贏家？」

「唉！」

「如果他真有這樣的運氣，我情願折壽十年去換。」

「我情願折壽二十年。」

「唉！」

「唉！」就是在嘆氣。

不僅是在嘆息自己爲什麼沒有那種運氣，多少還有點羨慕嫉妒。

「你見過他？」

「當然見過。」

「他是個什麼樣的人？」

「是個年輕英俊的小伙子，聽說本來就很有錢，現在他的錢一定多得連他自己都不知道應該怎麼花了。」

「你知道他叫什麼名姓？」

「他叫趙無忌。」

二

這是棟古老的建築，從外表上看來，就像是個望族的祠堂。

可是有經驗的人卻都知道，這地方不是祠堂，是個賭場。

附近五百里之內最大的賭場。

就像是別的那些賭場一樣，這賭場的老闆，也是個秘密幫會的頭目。

他姓賈，大多數人都稱他為賈大爺，比較親近的朋友就叫他老賈，所以他本來叫什麼名字，漸漸已沒有人知道了。

對一個賭場老闆來說，姓名本來就不是件很重要的事。

他雖然姓賈，卻沒有人敢在他賭場裡作假，否則他養著的那些打手，就會很客氣的請那個人，到外面去。

等到那個人從劇痛中清醒時，往往會發現自己躺在一條臭水溝裡。

然後他就會發現自己的肋骨已斷了三根。

至少三根。

這樣建築的內部，當然遠比外表看來堂皇得多，也有趣得多。

燈火輝煌的大廳裡通常都擠滿了各式各樣的人，成疊的錢票、成堆的籌碼、成捧的金銀，就在這些人顫抖而發汗的手掌裡流動。

其中當然有一大部分到最後都流動到莊家手裡去了，所以莊家的手永遠都很乾燥、很穩定。

趙無忌穿著一身新裁好的春衫，從外面溫柔涼爽的晚風裡，走入了這燈火輝煌的大廳。開始時，他覺得有點悶熱，可是大廳裡熱烈的氣氛，立刻就使他將這一點不快忘記。

要進入這大廳並不十分容易。

他當然也是被一位有經驗的「朋友」帶來的，他花了五十兩銀子和一頓很豐富的晚餐，才交到這個朋友。

合適的衣服，使得他看來容光煥發、修長英俊，正像是個少年多金的風流倜儻公子。

像這麼樣的一個人，無論走到哪裡，本來就會特別引人注意。

何況最近他在賭場裡又有了種很不平常的名聲——

「行運豹子」。

這就是賭徒們在暗中替他起的名號，因爲他是專擲三個六的「豹子」。

賭徒們通常都是流動的，這賭場裡也有在別的賭場裡見過他的人。
他走進來還不到片刻，人叢中已經起了陣不小的騷動。
「行運豹子來了。」
「你猜他今天會不會再擲出個六點豹子？」
「你是不是想跟我賭？」
「怎麼賭？」
「我用一百兩，賭你五十兩，賭他今天還是會擲出六點豹子來。」
「你怎麼這樣有把握？」
「因爲我已經看見他擲過九次。」
「九次都是三個六？」
「九次都是。」
圍在最大一張賭桌外面的人叢中忽然散開了，讓無忌走過去。
每個人都在看他的手。
這雙手上究竟有什麼魔法，能夠每次都擲出三個六的豹子？
這雙手的手指纖長有力，指甲修剪得很乾淨，看起來，卻也跟別人的沒什麼不同。
這雙手的主人看起來也只不過是個斯斯文文、漂漂亮亮的年輕人。
不管你怎麼看，他都不像是個郎中。

大家實在都很不希望他被那些皮笑肉不笑的打手們，請到外面去。

每個賭徒的心理，都希望能看到一個能把莊家贏垮的英雄。

無忌就在大家注視下，微笑著走了過去，就像是位大牌名角走上了戲台。

他顯得特別從容而鎮定，對自己充滿了信心，對於演這齣戲，他絕對有把握。

莊家卻開始有點緊張了。

無忌微笑道：「這張桌子賭的是不是骰子？」

當然是的。

一個巨大而精緻的瓷碗裡，三粒骰子正在燈下閃閃發光。

無忌接著又問道：「這裡限不限賭注大小？」

莊家還沒有答腔，旁邊已有人插口。

「這地方從來不限注。」

「可是這裡只賭現金，和山西票號發出來的銀票，連珠寶首飾，都得先拿去折價。」

無忌道：「好。」

他微笑著拿出一疊銀票來，都是當時招牌最硬的票號、錢莊發出來的。

他說：「這一注我先押一萬兩。」

常言道：「錢到賭場，人到法場。」

這意思就是說，人到了法場，就不能算是個人了，錢到了賭場，也不能再當錢花。

但是一萬兩畢竟是一萬兩，不是一萬兩銅錢，是一萬兩銀子。

若是用一萬兩銀子去壓人，至少也可以壓死好幾個。

人群又開始騷動，本來在別桌上賭錢的人，也都擠過來看熱鬧。

莊家乾咳了幾聲，說道：「一把賭輸贏？」

無忌微笑點頭。

莊家道：「還有沒有別人下注？」

沒有了。

莊家道：「兩家對賭，一擲兩瞪眼，先擲出豹子來的，沒得趕。」

無忌道：「誰先擲？」

莊家鼻頭上已有了豆珠子，又清了清喉嚨，才說出一個他很不願意說的字：「你。」

平家先擲，同點莊吃，這是賭場裡的規矩，不管哪家賭場都一樣。

無忌帶著笑，抓起了三粒骰子，隨隨便便的擲了下來。

旁邊看的人，已經在替他吆喝！

「三個六。」

「大豹子！」

吆喝聲還沒有停，骰子已停了下來，果然三個六的大豹子！

吆喝聲立刻變成了叫好聲，響得幾乎連屋頂都要被掀了起來。

莊家在擦汗，愈擦汗愈多。

無忌卻連眼睛都沒有眨一眨，這結果好像本就在他預料之中。

他好像早就知道自己會擲出這麼樣一副點子來。

莊家已經在數錢準備賠了，一雙眼睛卻偏偏又在的溜溜亂轉。

就在這時候，一隻手搭上了無忌的肩，一隻又粗又大的手，手背上青筋凸起，四根指頭幾乎同樣長短，光禿禿的沒有指甲。

就算沒練過武的人，也看得出這隻手一定練過鐵砂掌一類的功夫。

就算沒捱過打的人，也想像得出被這隻手打一巴掌的滋味一定很不好受。

笑聲和喝采聲立刻全都聽不見了。

只有這個人還在笑，皮笑肉不笑的看著無忌，道：「大爺你貴姓？」

無忌道：「我姓趙。」

這人道：「噢，原來是趙公子，久仰久仰。」

他臉上的表情卻連一點「久仰」的意思都沒有，用另外一隻手的大姆指，指著自己的鼻子，道：「我姓孫，別人都叫我鐵巴掌。」

無忌道：「幸會幸會。」

鐵巴掌道：「我想請趙公子到外面去談談。」

無忌道：「談什麼？」

鐵巴掌道：「隨便談談。」

無忌道：「好，再賭幾手我就走。」

鐵巴掌沉下了臉，道：「我請你現在就去。」

他的臉色一沉，本來搭在無忌肩上的那隻手，也抓緊了。

每個人都在爲無忌捏了把冷汗。

被這麼樣一雙手這麼樣一抓，肩頭就算不碎，滋味也絕不好受。

誰知道無忌連眉頭都沒有皺一皺，還是帶著微笑道：「若是你一定要現在跟我談，就在這裡談也一樣！」

鐵巴掌臉色變了，厲聲道：「給你臉，你不要臉，莫非要我在這裡把你底細抖露出來，你若不是郎中，憑什麼一下子就賭一萬兩？」

無忌道：「第一，因爲我有錢，第二，因爲我高興，第三，因爲你管不著。」

鐵巴掌怒道：「我就偏要管。」

他的鐵巴掌舉起，一巴掌往無忌臉上摑了過去。

他沒有打中。

因爲他的人已經飛了出去。

無忌輕輕一捽他的腕子，一提一甩，他的人就飛了出去，飛過十來個人的頭頂，「砰」的一聲，撞在一根大柱子上，撞得頭破血流。

這下子可真不得了，賭場裡立刻鬧翻了天，十七八個橫鼻子豎眼睛的魁梧大漢，像老虎一樣從四面八方撲了過來。

可是這群老虎在無忌眼中只不過是群病狗。

他正準備給這群病狗一點教訓時，後面一道掛著簾子的門裡，忽然有人輕叱一聲：「住手！」

三

門上掛著的簾子，是用湘緞做成的，上面還繡著富貴牡丹。

一個衣著華麗的禿頭大漢，手裡拿著根翠玉煙管，大馬金刀的往門口一站。

所有的聲音立刻全都停了下來，大家暗中更替無忌擔心。

現在連賈老闆都出面了，無忌要想好好的整個人出去，只怕很難。

「退下去。」

這位賈老闆果然有大老闆的威風，輕輕一揮手，那群病狗一樣的大漢立刻乖乖的退走。

賈老闆高聲道：「沒事沒事，什麼事都沒有，大家只管繼續玩，要喝酒的，我請客。」

他嘴裡說著話，人已走到無忌面前，上上下下打量了無忌兩眼，一張長滿橫肉的闊臉，忽然露出笑容，道：「這位就是趙公子？」

無忌道：「不錯，我姓趙。」

賈老闆道：「我姓賈，朋友們都叫我老賈，就是這小小場子的東家。」

無忌道：「賈老闆是不是想請我到外面去談談？」

賈老闆道：「不是外面，是裡面。」他用手裡的翠玉煙管，指了指那扇掛著簾子的門：「裡面有位朋友，想跟趙公子賭兩把。」

無忌道：「賭多大的？」

賈老闆笑笑道：「不限賭注，愈大愈好。」

無忌笑了，道：「要找我談天，我也許沒空，要找我賭錢，我隨時奉陪。」

賈老闆點點頭，道：「那就好極了！」

無忌和賈老闆已走進了那扇門，門上掛著的簾子又落下。

大家又在竊竊私議：「是什麼人敢跟這行運豹子賭錢？那豈非正像是肥豬拱門，自己送上門來？」

旁邊有人在冷笑，壓低了聲音在說道：「你怎麼知道裡面真的是有人要跟他賭錢？在裡面等著他的，說不定是一把快刀，行運豹子這一進去，只怕就要變成隻死豹子了。」

屋子裡沒有刀，只有人。

連賈老闆在內，一共是九個人，八個人站著，一個人坐著。

站著的八個人，不是衣著華麗、神態威猛的彪形大漢，就是目光炯炯、精明練達的中年人，看樣子，沒有一個不是大老闆。

坐在一張鋪著紅氈的紫檀木椅上的，卻是個乾枯瘦小的小老頭，一張乾癟蠟黃的臉上，長著雙小小的三角眼，留著幾根稀疏的山羊鬍子，花花的頭髮，幾乎已快掉光了。

如果說這老頭像隻山羊，倒不如說他像是隻猴子。

可是他氣派卻偏偏比誰都大，站在他跟前的八個人，對他也畢恭畢敬，不敢有一點大意。

無忌打心裡抽了口涼氣。

「難道這個其貌不揚的小老頭，就是名震南七北六十三省的賭王？」

賭王

一

每一行中，都有王，賭這一行中，也一樣。

賭王姓焦，不管認不認得他的人，都尊稱他爲焦七太爺。

焦七太爺在這行中，不但大大的有名，而且地位尊貴。

焦七太爺平生大賭小賭不下千萬次，據說連一次都沒有輸過——至少在三十歲以後就沒有輸過。

焦七太爺今年已七十二。

焦七太爺不但賭得精，眼睛更毒，不管大郎中、小郎中、玩票的郎中、還是郎中的專家，從來沒有人敢在他面前玩一點手法，因爲不管你用什麼手法，焦七太爺一眼就可以看出來。

焦七太爺在過六六大壽的那一天，就已經金盆洗手，退休林下。

——聽說焦七太爺又復出了，是被他門下的八大金剛請出來的。

——他老人家那麼大的年紀，那麼高的身分，還出來幹什麼？

——出來對付那個行運豹子，他老人家也想看看這個豹子行的究竟是什麼運？居然能每次都擲出三個六來？

無忌早已聽到了這消息，當然也是從一位「朋友」那裡聽來的。

但是他卻想不到，這位名震十三省的賭王，竟是這麼樣一個猥瑣的小老頭。

焦七太爺用一雙留著三寸長指甲的手，捧起個純銀水煙壺，「呼嚕呼嚕」，先抽了兩口，才朝無忌笑了笑，道：「坐，請坐。」

無忌當然就坐下，他從來沒有在別人面前站著的習慣。

焦七太爺瞇著眼打量著無忌，瞇著眼笑道：「這位就是趙公子？」

無忌道：「您貴姓？」

焦七太爺道：「我姓焦，在家裡的大排行是老七，所以別人就叫我焦七。」

無忌連一點反應都沒有，就好像從未聽過這名字。

焦七太爺輕輕的笑道：「聽說趙公子近來的手氣不錯？」

無忌道：「還過得去。」

焦七太爺道：「不知道趙公子肯不肯賞臉陪我這小老頭賭兩把？」

無忌道：「賭什麼？」

焦七太爺道：「當然是賭骰子。」

無忌也笑了，道：「賭別的我也許還不敢奉陪，賭骰子我是從來不拒絕的。」

焦七太爺道：「爲什麼？」

無忌笑道：「因爲我賭骰子的時候，手氣像是特別好。」

焦七太爺忽然睜開他那雙總是瞇起來的三角眼，看著無忌。

他眼睛一張開，就好像有兩道精光暴射而出，第一次看見的人，一定會嚇一大跳。

無忌沒有被他嚇一跳。

那殭屍張開眼睛來望著他的時候，他都沒有嚇一跳。

他天生就是個不容易被嚇住的人。

焦七太爺瞪著他看了兩眼，眼睛又瞇了起來，道：「可是手氣時常都會變的，好手氣有變壞的時候，壞手氣有時候也會變好。」

他輕輕的笑了笑，又道：「只有一種人的手氣永遠不會變。」

無忌道：「哪種人？」

焦七太爺道：「不靠手氣的人。」

無忌道：「不靠手氣靠什麼？」

焦七太爺道：「靠技巧！」

他用他一隻保養得非常好的手，做了個很優美的手勢，才慢慢的接著道：「只要有一點點技巧就可以了。」

無忌好像完全聽不懂的樣子，傻傻的問道：「什麼技巧？」

焦七太爺就好像當作他真聽不懂的樣子，居然爲他解釋道：「操縱骰子的技巧。」

他微笑著，又道：「骰子是樣很簡單的東西，既沒有生命，也沒有頭腦，只要你有一點這種技巧，你要它怎麼樣，它就會怎麼樣。」

無忌笑了，好像還不太相信，又問道：「世上真的有這種事？」

焦七太爺道：「絕對有。」

無忌道：「你會不會？」

焦七太爺眯著眼笑道：「你想不想看看！」

無忌道：「很想。」

焦七太爺道：「好。」

他拍了拍手，賈老闆立刻就捧了個大碗來，碗裡有三粒玲瓏剔透、雕塑完美的骰子。

賈老闆道：「這個碗是江西景德鎭名窯燒出來的，骰子是京城王寡婦斜街口寶石齋老店做出來的精品。」

焦七太爺顯得很滿意，道：「很好，賭錢不但是種很大的學問，也是種享受，這工具是千萬馬虎不得的。」

無忌道：「我完全同意。」

焦七太爺道：「最重要的一點是，寶石齋一向信譽卓著，製出的骰子份量絕對完全合乎標準，而且絕沒有灌鉛和灌水銀的假骰子。」

無忌道：「我相信。」

焦七太爺又伸出他那隻留著三寸長的指甲，保護得很好的手，抓起了這三顆骰子。

骰子到了他手裡，就好像劍到了昔年天下無敵的一代劍術大師西門吹雪的手裡。

在賭這方面，焦七太爺的確不愧爲一代宗匠大師。

他把這三顆骰子輕輕擲了下去，他的手法自然、純熟而優美。

無忌連看都不必看，就知道這三粒骰子擲出來的一定是三個六。

骰子停下，果然是三個六。

無忌長長嘆了口氣，道：「看來你最近的手氣也不錯。」

焦七太爺道：「這不是手氣，這是技巧，每個人都可以把這三顆骰子擲出三個六來。」

無忌道：「哦？」

焦七太爺道：「你不信？」

無忌在笑。

焦七太爺道：「好，你們就試給這位趙公子看看。」

賈老闆第一個試。

他抓起骰子，擲出來的果然也是三個六。

其他七個人每個人都擲了一次，擲出來的全部是三個六。

無忌好像看呆了。

焦七太爺道：「你看不出來這是怎麼回事？」

無忌搖頭。

焦七太爺就當作他是真的看不出，道：「這骰子裡灌了水銀，只要稍微懂得一點技巧的人，就很容易擲出三個六來。」

他瞇著眼，笑道：「寶石齋的骰子雖然絕沒有假，可是我們只要送點小小的禮物給做骰子的老師傅，情況就不同了。」

無忌好像已聽得發呆。

焦七太爺回頭去問一個面色淡黃、顴骨高聳的中年人道：「上次你送給那老師傅的是什麼？」

這中年人道：「是一棟座落在西城外的大宅子，前後七進，附帶全部傢具擺設，再加上每年一千兩銀子的養老金。」

焦七太爺道：「他在寶石齋裡，一年能拿到多少？」

中年人道：「三百六十兩工錢，外帶花紅，加上還不到七百兩。」

焦七太爺看著無忌，笑道：「這道理你現在總該明白了吧？」

無忌嘆道：「若不是您老指點，以前我真的沒想到一顆骰子裡還有這麼大的學問。」

焦七太爺道：「天下的賭徒，只要一看見寶石齋的骰子，就立刻放心大膽的賭了，所以他們把老婆都輸給了別人，還一口咬定輸得不冤。」

他也嘆了口氣，道：「其實十賭九騙，從來不賭的人，才是真正的贏家。」

無忌道：「可是你——」

焦七太爺嘆道：「我已經掉下去了，再爬起來也是一身泥！」

他接著又道：「可是我的兒女子孫們，卻從來沒有一個賭錢的。」

無忌道：「他們都不愛賭錢？」

焦七太爺道：「賭錢是人人都愛的，只不過他們更愛自己的手。」

他淡淡的接著道：「我十三個兒子裡，有六個都只剩下一隻手。」

無忌道：「為什麼？」

焦七太爺道：「因為他們偷偷的去賭錢。」

無忌道：「那麼你就砍斷了他們一隻手？」

焦七太爺道：「焦家的子孫，只要敢去賭錢的，賭一次，我就砍斷他一隻手，賭兩次，我就砍斷他一條腿。」

無忌道：「賭三次的呢？」

焦七太爺淡淡道：「沒有人敢去賭三次的，連一個都沒有。」

無忌苦笑道：「如果我是焦家的子孫，我一定也不敢。」

焦七太爺微微一笑，道：「可是我絕不反對別人賭，就因為這世上賭錢的人愈來愈多，我們這些人的日子，才會愈過愈好。」

他忽然向賈老闆說道：「你有幾個子女？」

賈老闆陪笑道：「不多。」

焦七太爺道：「不多是幾個？」

賈老闆道：「十七個。」

焦七太爺道：「他們每個人一年要多少錢開銷？」

賈老闆道：「除了老大外，每個人平均分配，一年五百兩。」

他又補充：「老大是一千兩。」

焦七太爺道：「你家裡一年要多少開銷？」

賈老闆道：「那就難說了，大概算起來，約莫是七八千兩。」

焦七太爺道：「你自己日常的花費還在外？」

賈老闆陪笑道：「我差不多每天都有應酬，六扇門裡的朋友也得應付，王公大臣府上的哥兒們也得巴結，每年至少也得要上萬兩的銀子才夠。」

焦七太爺嘆了口氣，道：「可是普通人家一年只要有個百把兩銀子，就可以過得很好了。」

他又問無忌：「你當然應該想得到，他這些花費是從哪裡來的！」

無忌點了點頭，忽然笑道：「可是我的開銷，卻是從他這裡來的。」

焦七太爺道：「所以我認爲你是天才，只要做得不太過分，將來你的日子一定過得比他們都好。」

無忌道：「我不是天才，也沒有技巧，只不過手氣比較好而已。」

焦七太爺又瞇著眼笑了，忽然又從碗裡抓起三粒骰子，擲了下去。

這一次他擲出來的居然不是三個六，而是最小的點子——

么，二，三。

無忌笑道：「你的手氣變壞了。」

焦七太爺道：「沒有變。」

他明明空著的一隻手裡，忽然又有三顆骰子擲了出來。

這三顆骰子落在碗裡，和前面的三顆骰一撞，把「么二三」撞得滾了滾，六顆骰子就全都變成了六點。

焦七太爺的手一揚，空手裡又變出了六顆骰子來，一把擲下去，十二個骰子同時在碗裡打滾，停下來時，全都是六點。

無忌好像又看呆了。

焦七太爺微微笑道：「這也是技巧，一個真正的行家，一隻手裡可以同時捏住好幾副骰子，而且別人絕對看不到。」

無忌苦笑道：「我就看不到。」

焦七太爺道：「所以就算碗裡擺的明明是副真骰子，被他用手法一換，就變成了假的，他要擲幾點，就可以擲幾點。」

無忌道：「這十二顆骰子全部灌了水銀？」

焦七太爺道：「你試試。」

無忌看了看賈老闆，賈老闆用兩根手指拈起顆骰子，輕輕一捏，比石頭還硬的骰子就碎了，一滴水銀落了下來，滿桌亂滾。

焦七太爺道：「你看怎麼樣？」

無忌長嘆道：「好，好得不得了。」

焦七太爺道：「還有種練過氣功的人，手法更妙，就算你明明擲出的是六點，他用氣功一震桌子，點子就變了，變成了么。」他微笑又道：「可是在賭錢這方面來說，這種作風就有點無賴了，一個真正的行家是絕不會用這種手法的。」

無忌道：「爲什麼？」

焦七太爺道：「因爲賭錢是件很有學問的事，也是種享受，就算要用手法，也要用得優雅，絕不能強吃硬碰，讓人輸得不服。」

他微笑著接道：「你一定要讓人輸得心服口服，別人下次才會再來。」

無忌嘆道：「果然有學問。」

焦七太爺瞇著的眼睛裡忽又射出精光，瞪著無忌道：「可是我們這次賭錢，當然是不會用這種手法的。」

無忌道：「你就算要我用，我也不會。」

焦七太爺沉著臉，道：「我們要賭，就得賭得公平，絕不能有一點假。」

無忌道：「對。」

焦七太爺又瞇起眼笑了，道：「好，那麼我就陪趙公子玩幾把。」

無忌道：「何必玩幾把，一把見輸贏豈非更痛快！」

焦七太爺又睜開眼瞪著他，過了很久，才問道：「你只賭一把？」

無忌道：「只要能分出輸贏來，一把就夠了。」

焦七太爺道：「你賭多少？」

無忌道：「我得看看，我身上帶的好像不多。」

他從身上掏出一大把銀票來，還有一疊打得很薄的金葉子。

他一面數，一面嘆氣，喃喃道：「我帶的實在不多，連這點金葉子加起來，也只不過才有三十八萬五千兩。」

除了焦七太爺外，每個人的臉色都變了。

這裡八個人，雖然每個人都是賭這一行中頂尖的大亨，可是一把三十多萬兩銀子的豪賭，他們連聽都沒有聽過。

無忌忽然笑道：「我想起來，外面桌上我還有兩萬，剛好可湊滿四十萬兩。」

賈老闆變色道：「外面還有兩萬？」

無忌道：「一萬兩是我的本錢，莊家還應該賠給我一萬。」

焦七太爺居然神情不變，道：「你就到外面去拿兩萬來給這位趙公子。」

賈老闆道：「是。」

焦七太爺道：「你順便再到帳房裡去看看，有多少全部拿來。」

賈老闆道：「是。」

一個身形最魁偉的紫面大漢，忽然道：「我也陪六哥去看看。」

焦七太爺道：「廖老八陪他去也好，正好你也有生意在這裡，帳房裡若不夠，你也去湊一點。」

廖老八道：「是。」

等他們走後，焦七太爺又轉向無忌，微笑道：「趙公子想不想先來口水煙？」

二

一走出這扇掛著簾子的門，廖老八就皺起了眉，道：「我真不懂老頭子這是幹什麼？」

賈老闆道：「什麼事你不懂？」

廖老八道：「老頭子爲什麼要把那些花俏告訴那個瘟生？爲什麼不用這些法子對付他？」

賈老闆道：「因爲老頭子知道那個瘟生絕不是瘟生。」

廖老八道：「可是老頭子的手法他本來連一點都沒有看出來。」

賈老闆道：「他是在扮豬吃老虎。」

他笑了笑，又道：「可是老頭子也不簡單，既然明知瞞不了他，就不如索性露兩手給他看看，只要他知道厲害，說兩句好話，老頭子說不定就會放他一馬。」

廖老八道：「可是這小子偏偏不知道好歹。」

賈老闆道：「所以依我看，老爺子這次已經準備放手對付他了。」

廖老八道：「可是老頭子已有七八年沒出過手了，那小子……」

賈老闆笑道：「你放心，薑是老的辣，孫猴子的七十二變，也變不出如來佛的手掌心。」

他又問：「你跟著老頭子也快二十年了，有沒有看見他失過手？」

廖老八道：「沒有。」

他終於露出了安心的笑容：「從來都沒有。」

三

除了從水煙袋裡發出的「噗落，噗落」聲之外，屋子裡什麼聲音都沒有。

大家心裡都在想。

要用什麼樣的手法，才能贏這個「行運豹子」？

大家都想不出。

他們所能想出的每一種法子，都沒有必勝的把握。

這年輕人實在太穩定，令人完全莫測高深，令人幾乎覺得有點害怕。

難道他是真的手氣特別好？

還是因爲他相信焦七太爺絕不會看出他用的是什麼手法？

焦七太爺一口一口的抽著水煙，連瞇著的眼睛都閉上了。

他是不是已經有勝算在胸？還是仍然在想著對付這年輕人的方法？

無忌微笑著，看著他，就像是一個收藏家正在研究一件珍貴的古玩，正在鑑定這件古玩的真假，又像是條小狐狸，正在研究一條老狐狸的動態，希望自己能從中學到一點秘訣。

焦七太爺是不是也在偷偷的看他？

賈老闆和廖老八終於捧著一大疊銀票回來了，先揀了兩張給無忌。

「這裡是兩萬。」

「你們已湊夠了四十萬兩？」

「這裡是四十萬，」賈老闆放下銀票，臉上也不禁露出得意之色。

能夠在頃刻之間湊出四十萬銀子來，絕不是件容易事。

無忌笑道：「看來賈老闆的買賣的確做得很發財。」

賈老闆也笑了笑，道：「這本來就是發財的買賣！」

無忌道：「好，現在我們怎麼賭？」

那臉色淡黃的中年人先咳嗽了兩聲，道：「行有行規，賭也有賭規。」

無忌道：「做事本來就要做得有規矩，賭錢的規矩更大。」

臉色淡黃的中年人道：「可是不管什麼樣的規矩，總得雙方同意。」

無忌道：「對。」

臉色淡黃的中年人道：「若是只有兩家對賭，就不能分莊家閒家。」

無忌道：「對。」

中年人道：「所以先擲的無論擲出什麼點子來，另一家都可以趕。」

無忌道：「若是兩家擲出的點子一樣呢？」

中年人道：「那麼這一把就不分輸贏，還得再擲一把。」

無忌忽然搖頭，道：「這樣不好。」

中年人道：「有什麼不好？」

無忌道：「如果兩家總是擲出同樣的點子來，豈非就要一直賭下去？這樣就算賭個三天三夜，也未必能分得出輸贏來的。」

中年人道：「你想怎麼賭？」

無忌道：「先擲的若是擲出最大的點子來，對方就只有認輸。」

最大的點子就是三個六，他只要一伸手，擲出的就是三個六。

八個人都在瞪著他，幾乎異口同聲，同時問道：「誰先擲？」

無忌道：「這位老爺子年高望重，我當然應該讓他先擲。」

這句話說出來，每個人都吃了一驚，連焦七太爺都顯得很意外。

這小子是瘋了，還是自己覺得太有把握？

無忌神情不變，微一微笑，又道：「你先請！」

焦七太爺又盯著他看了半天，忽然道：「老大，拿副骰子來。」

臉色淡黃的中年人立刻從身上拿出個用白玉雕成的小匣子來。

匣子裡黃緞墊底，三顆白玉骰子。

中年人道：「這是進貢用的玉骰子，是寶石齋老掌櫃親手做的上上極品，絕不會有假。」

焦七太爺吩咐道：「你拿給趙公子去看看！」

中年人道：「是。」

他用雙手捧過去，無忌卻用一隻手推開了，微笑道：「我用不著看，我信得過這位老爺子。」

焦七太爺又盯著他看了半天，才慢慢的點了點頭，道：「好，有氣派！」

他用兩根留著三寸長指甲的手指，將骰子一顆顆拈了出來，把在掌心：「一把見輸贏？」

無忌道：「是。」

焦七太爺慢慢的站起來，一隻手平伸，對著碗口，輕輕的將骰子放了下去。

這是最規矩的擲法，絕沒有任何人還能表示一點懷疑。

「叮」的一聲響，三顆骰子落在碗裡，響聲清脆如銀鈴。

骰子在不停的轉，每個人卻似連心跳都停止。

骰子終於停下來。

三個六，果然是三個六！所有點子裡最大的至尊寶，統吃！

無忌笑了！

他拍了拍衣裳，慢慢的站起來，道：「我輸了。」

說出了這三個字，他就頭也不回的走了出去。

巧計

一

屋子裡已靜了很久。這間屋子裡有九個人，有九個人的屋子裡，通常都不會這麼靜。

這九個人非但都不是啞吧，而且都是很會說話，很懂得說話技巧的人。

他們都沒有開口，只因爲他們心裡都在想著一件事——那個行運豹子，爲什麼要做這種事？

誰都想不到他就這麼樣說了句：「我輸了。」然後就走了。這結束實在來得太突然，太意外。

他走了很久以後，焦七太爺才開始抽他的水煙袋，一口一口的抽著，「噗落，噗落」的響。

過了很久，才有人終於忍不住要發表自己的意見，第一個開口的人，當然是廖老八。

「我告訴你們這是怎麼回事，輸就是輸，贏就是贏，他輸了，所以他就走了。」

「雖然他輸得很漂亮，可是他既然輸了，不走還賴在這裡幹什麼？」

沒有人答腔。除了他之外，根本沒有人開口。

焦七太爺一口一口的抽著水煙，微微的冷笑，忽然道：「老大，你認爲這是怎麼回事？」

老大就是那臉色發黃的中年人，他姓方，在焦七太爺門下的八大金剛中，他是老大。

方老大遲疑道：「我想不通。」

焦七太爺道：「怎麼會想不通？」

方老大道：「老八說的也很有道理，既然輸了，不走幹什麼？」

他又想了想：「可是我總覺得這件事好像並不是這麼簡單。」

焦七太爺道：「爲什麼？」

方老大說道：「因爲，他輸得太痛快了。」

這是實話。無忌本來確實可以不必輸得這麼快，這麼慘，因爲他本來不必讓焦七太爺先擲的。

廖老八可忍不住道：「你認爲他別有用意？」

方老大承認。廖老八又道：「那麼我們剛才爲什麼不把他留下來？」

方老大笑道：「人家既然認輸了，而且輸得那麼漂亮，那麼痛快，我們憑什麼還把人家留下來？」

廖老八不說話了。焦七太爺道：「你也猜出了他爲什麼要這樣做？」

方老大道：「我猜不出。」

人家錢也輸光了，人也走了，你還能對他怎麼樣？焦七太爺又開始抽他的水煙，抽了一口又一口，煙早就滅了，他也不知道。他並不是在抽水煙，他是在思索。又過了很久很久，他枯瘦蠟黃的臉上，忽然露出種很奇怪的表情！

站在他面前的八個人，都已跟隨他二十年以上了，都知道他只有在想到一件很可怕的事時，才能有這種表情。但是，誰也不知道他心裡想到了什麼事。

對一個已經七十二歲，已經經歷過無數次大風大浪的老人來說，應該已沒有什麼可怕的事。

所以每個人的心都拉了起來，吊在半空中，忐忑不定。

焦七太爺終於開口。

他在看著廖老八：「我知道你跟老六的交情最好，他在你的地盤裡有場子，你在他的地盤裡也有。」

廖老八不敢否認，低頭道：「是。」

焦七太爺道：「聽說你在這裡的場子也不小。」

廖老八道：「是。」

焦七太爺道：「你那場子，有多少本錢？」

廖老八道：「六萬。」

在焦七太爺面前，什麼事他都不敢隱瞞，所以他又接著道：「我們已經做了四年多，已經賺了二十多萬，除了開銷外，都存在那裡沒有動。」

他在笑，笑得卻有點不太自然：「因為我那女人想用這筆錢去開幾家妓院。」

焦七太爺道：「聽說你身邊最得寵的一個女人叫媚娥？」

廖老八道：「是。」

焦七太老道：「聽說她也很好賭？」

廖老八陪笑道：「她賭得比我還兇，只不過她總是贏的時候多。」

焦七太爺忽然嘆了口氣，道：「贏的時候多就糟了！」

——一個人開始賭的時候，贏得愈多愈糟，因爲他總是會覺得自己手氣很好，很有賭運，就會愈來愈想賭，賭得愈大愈好，就算輸了一點，他也不在乎，因爲他覺得自己一定會贏回來。

——輸錢的就是這種人，因爲這種人常常會一下子就輸光，連本錢都輸光。

這是焦七太爺的教訓，也是他的經驗之談，他們八個人都已經聽了很多遍，誰都不會忘記。

可是誰都不知道焦七太爺爲什麼會在這種時候問這些話。

焦七太爺又問道：「連本錢加上利息，你那場子裡，可以隨時付出的銀子有多少？」

廖老八道：「一共加起來，大概有二十多萬兩。」

焦七太爺道：「你不在的時候，是誰在管那個場子？」

廖老八道：「就是我那個女人。」

他又陪笑道：「可是你老人家放心，她雖然會吃醋，卻從來不會吃我。」

焦七太爺冷冷道：「不管怎麼樣，她手上多少總有點錢了？」

廖老八不敢答腔。

焦七太爺接著又道：「你想她大概有多少？」

廖老八遲疑著，道：「大概最少總有七八萬了。」

焦七太爺道：「最多呢？」

廖老八道：「說不定，也許已經有十七八萬。」

焦七太爺沉默著，看著桌上的銀票，過了很久，才緩緩道：「老大，老二，老三，老四，老五，老七，你們每個人分兩萬。」

六個人同時謝過焦七太爺的賜賞，他們從不敢推辭。

焦七太爺道：「老六出的賭本，也擔了風險，老六應該分五萬。」

賈老闆也謝過，心裡卻在奇怪，既然每個人都有份，爲什麼不分給老八？

可是焦七太爺既然沒有說，誰也不敢問。

焦七太爺道：「三萬兩分給我這次帶來的人，剩下的二十萬，就給老八吧。」

焦七太爺做事，一向公平合理，對這八個弟子，更沒有偏愛，這次，廖老八本沒有出力，卻分了個大份，大家心裡，都在詫異。

廖老八自己也吃了一驚，搶著道：「爲什麼分給我這麼多？」

焦七太爺嘆了口氣道：「因爲你很快就會需要的。」

廖老八還想再說，那面色淡黃的中年人，方老大忽然失聲道：「好厲害，好厲害。」

賈老闆道：「你說誰好厲害？」

方老大嘆息搖頭，道：「這個姓趙的年輕人好厲害。」

賈老闆道：「剛才我也已想到，他這麼樣做，只因爲生怕老爺子看破他的手法，又不願壞了他『行運豹子』的名聲，所以索性輸這一次，讓別人永遠猜不透他是不是用了手法。」

方老大慢慢的點頭，道：「只憑這一著，已經用得夠厲害了。」

賈老闆道：「但是他畢竟還是輸了四十萬，這數目並不少。」

方老大道：「只要別人沒法子揭穿他的手法，他就有機會撈回來。」

賈老闆道：「怎麼撈？」

方老大道：「他在賭這上面輸出去的，當然還是從賭上撈回來。」

一向沉默寡言的老三忽然也嘆了口氣，道：「他在這裡輸了四十萬，難道不會到別的地方去贏回來？」

廖老八道：「到哪裡去贏？」

方老大看著他苦笑搖頭，賈老闆已跳起來，道：「莫非是老八的場子？」

老三道：「現在你總該明白，老爺子為什麼將最大的一份分給老八了。」

賈老闆道：「我就不信他的手腳這麼快，一下子就能把老八的場子贏倒。」

焦七太爺眨著眼，微微冷笑，道：「你為什麼不去看看？」

廖老八已經衝了出去，賈老闆也跟了出去。

方老大還在搖頭嘆息，道：「他若不把場子交給女人管，也許還不會這麼快就輸光，可惜現在……」

每個人都明白他的意思。

女人輸了錢就會心疼，心疼了就想翻本，遇見了高手，就一定會愈輸愈多，輸光為止。

「翻本」本來就是賭徒的大忌，真的行家，一輸就走，絕不會留戀的。

「一輸就走，見好就收。」

這兩句話一向是焦七太爺的座右銘，真正的行家，從不會忘記。

老三嘆了口氣，道：「我只希望老八的房契不在那女人手裡。」

方老大道：「依我看，那場子老六一定也有份，一定也有筆錢擺在那裡。」

他嘆息著又道：「說不定還有個女人擺在那裡。」

兩個女人輸得當然比一個女人更快。

二

賈老闆回來的時候，果然滿頭大汗，臉色發青。

方老大道：「怎麼樣？」

賈老闆勉強想笑，卻笑不出：「老爺子和大哥果然料事如神！」

方老大道：「他贏走了多少？」

賈老闆道：「五十四萬兩的銀票，還有城裡的兩棟房子。」

方老大道：「其中有多少是你的？」

賈老闆道：「十萬。」

方老大看看老三，兩個人都在苦笑。

賈老闆恨恨道：「那小子年紀輕輕，想不到竟如此厲害。」

焦七太爺瞇著眼在想，忽然問道：「老八是不是帶著人去找他麻煩去了？」

賈老闆道：「他把老八場子裡的兄弟放倒了好幾個，我們不能不去找回來。」

焦七太爺道：「他贏了錢還要揍人，也未免太兇狠了些。」

賈老闆道：「是。」

焦七太爺冷笑道：「怕只怕兇狠的不是人家，而是我們。」
賈老闆道：「我們……」
焦七太爺忽然沉下臉，厲聲道：「我問你，究竟是誰先動手的？」
看見焦七太爺沉下臉，賈老闆已經慌了，吃吃的道：「好像是老八場子裡的兄弟。」
焦七太爺冷聲道：「他們爲什麼要動手？是不是因爲人家贏了錢，就不讓人家走？」
賈老闆道：「那些兄弟，認爲他在作假。」
焦七太爺臉上已有怒容，冷笑道：「就算他做了手腳，只要你們看不出來，就是人家的本事，你們憑什麼不讓人家走？」
他目中又射出精光，瞪著賈六：「我問你，你們那裡是賭場？還是強盜窩？」
賈老闆低下頭，不敢再開口，剛擦乾的汗又流滿一臉。
焦七太爺的激動很快就平息了。
賭徒們最需要的不僅只是「幸運」，還要「冷靜」。
一個從十來歲時就做了賭徒，而且做了「賭王」的人，當然很能控制自己。
但是有些話他不能不說：「就好像開妓院一樣，我們也是在做生意，雖然這種生意並不太受人尊敬，卻還是生意，而且是種很古老的生意！」
這些話他已說了很多次。
自從他把這些人收爲門下的時候，就已經讓他們有了這種觀念。
——這種生意雖然並不高尚，卻很溫和。

——我們都是生意人，不是強盜。

——做這種生意的人，應該用的是技巧，不是暴力。

焦七太爺平生最痛恨的一件事，就是暴力。

他又問：「現在你是不是已明白我的意思？」

賈老闆道：「是。」

焦七太爺道：「那麼你就該趕快去把老八叫回來。」

賈老闆低著頭，陪笑道：「現在去恐怕已經來不及了。」

焦七太爺道：「爲什麼？」

賈老闆道：「因爲他把郭家三兄弟也帶去了。」

焦七太爺道：「郭家三兄弟，是什麼人？」

賈老闆道：「是我們兄弟裡最『跳』的三個人。」

他又解釋：「他們跟別的兄弟不一樣，既不喜歡賭，也不喜歡酒色，他們只喜歡揍人，只要有人給他們揍，他們絕不會錯過的。」

「跳」的意思，不僅是暴躁、衝動、好勇鬥狠，而且還有一點「瘋」。

「瘋」的意思就很難解釋了。

那並不是真的瘋，而是常常莫名其妙、不顧一切的去拚命。

郭家三兄弟都很「瘋」，尤其是在喝了幾杯酒之後。

現在他們都已經喝了酒，不僅是幾杯，他們都喝了很多杯。

郭家三兄弟的老二叫郭豹，老五叫郭狼，老么叫郭狗。

郭狗這名字實在不好聽，他自己也不太喜歡，可是他老子既然替他起了這麼樣一個名字，他也只好認了。

他們的老子是個很兇狠的人，總希望能替他的兒子起個很兇的名字，一種很兇猛的野獸的名字。

只可惜他所知道的字彙並不多，生的兒子卻不少。除了虎、豹、熊、獅、狼……之外，他再也想不出還有什麼兇猛的野獸。

所以他只有把他的么兒子叫「狗」，因爲狗至少還會咬人。

郭狗的確會咬人，而且喜歡咬人，咬得很兇——不是用嘴咬，是用他的刀。

他身上總帶著把用上好緬鐵千鎚百鍊打成的「緬刀」。可以像皮帶一樣圍在腰上。

他的刀法並沒有得到真正名家的傳授，卻很兇狠，很有勁。

就算真正的名家，跟他交手時，也常常會死在他的刀下。

因爲，他常常會莫名其妙的去跟人拚命。

因爲他很「跳」。

現在他們都已到了平安客棧，趙無忌就住在平安客棧裡。

三

平安就是福，旅途上的人，更希望能一路平安，所以每個地方都幾乎有家平安客棧。

住在平安客棧裡的人，縱然未必個個都能平安，大家還是喜歡討個吉利。

這家平安客棧不但是城裡最大的一家，而且是個聲譽卓著的老店。

廖八爺一馬當先，帶著他的打手們到這裡來的時候，正有個陌生人背負雙手，站在門外的避風簷下，打量著門口招牌上四個斗大的金字，微微的冷笑。

這人三十出頭，寬肩細腰，滿臉精悍之色，身上穿著件青布長衫、腳上著布襪草鞋，上面卻用一塊白布巾纏著頭。

廖八一心只想去對付那個姓趙的，本沒有注意到這麼樣一個人。

這人卻忽然冷笑著喃喃自語：「依我看，這家平安客棧只怕一點都不平安，進去的人若想再平平安安的出來，只怕很不容易。」

廖八霍然回頭，盯著他，厲聲道：「你嘴裡在嘀咕什麼？」

白布包頭的壯漢神色不變，冷冷的打量了他兩眼，道：「我說我的，跟你有什麼關係？」

在這段地面上混的兄弟們，廖八認不得的很少，這人看來卻很陌生，顯然是從外地來的，說話的口音中，帶著很濃的四川音。

廖八還在瞪著眼打量他，郭狗子已經衝過來準備揍人了。

這人又在冷笑，道：「放著正點子不去找，卻在外面亂咬人，莫要咬破了自己的嘴。」

郭狗子的拳頭已經打了出去，卻被廖八一把拉住，沉聲道：「咱們先對付了那個姓趙的，再回來找這小子也不遲！」

廖八爺雖然性如烈火，畢竟是見過世面的老江湖了，彷彿已看出了這個外路人並不簡單，說的話中也好像別有深意，已不想再多惹麻煩。

郭狗子卻還是不服氣，臨走時，還瞪了這人幾眼，道：「你有種，就在這裡等著。」

這人背著手，仰著臉，微微的冷笑，根本不望他。

等他們走進去，這人居然真的在門口一張長板凳上坐了下來，用一隻手在腳上打著拍子，哼起川中的小調來。

他一支小調還沒有哼完，已經聽見裡面傳出了慘呼聲，甚至連骨頭折斷的聲音都可以隱約聽得見。

這人皺著眉，搖了搖頭，嘴裡正數著：「一個，兩個，三個，四個，五個，六個……」

跟著廖八進去的一共有十二個人，現在果然已只剩下六個還能用自己兩條腿走出來。

廖八雖然還能走，手腕卻似已折斷了，用左手捧著右腕，痛得直冒冷汗。

這個人眼角瞟著他，又在喃喃自語：「看來這平安客棧果然一點都不平安。」

廖八只好裝作聽不見。

那行運豹子不但會擲骰子，武功也遠比他想像中高得多。

郭家三兄弟一出手立即被人家像打狗一樣打得爬不起來，三個人至少斷了十根指骨。

他本來對自己的「大鷹爪手」很有把握，想不到人家居然也用「大鷹爪手」來對付他，而且一下就把他手腕擰斷。

現在他就算還想找麻煩，也沒法子找了，這人說的話，他只有裝作聽不見。

誰知這人卻不肯放過他，忽然站起來，一閃身就到了他面前。

廖八變色道：「你想幹什麼？」

這人冷冷的一笑，忽然出手。

廖八用沒有斷的一隻手反摑去，忽然覺得肘上一麻，連這條手都垂了下去，不能動了。

後面有兩人撲上來，這人頭也不回，曲著肘往後一撞，這兩人也被打得倒下。

這人出手不停，又抓起了廖八那隻本來已被擰斷的手腕，輕叱一聲。

「著！」

只聽「格叱」一聲響，廖八滿頭冷汗如雨，斷了的腕子卻已被接上。

這人已後退了幾步，背負起雙手，悠然微笑，道：「怎麼樣？」

廖八怔在那裡，怔了半天，看看自己的腕子，用力甩了甩，才看看這來歷不明、行蹤詭秘的外路人，忽然道：「我能不能請你喝杯酒？」

這人回答得很乾脆：「走。」

四

酒已擺上來，廖八一連跟這人乾了三杯，才長長吐出口氣，把那隻本來已被擰斷的手伸出來，大姆指一挑，道：「好，好高明的手法。」

這人淡淡道：「我的手法本來就不錯，可是你的運氣更好。」

廖八苦笑道：「這算什麼鳥運氣，我廖八從出生就沒栽過這麼大的觔斗。」

這人道：「就因爲你栽了這個觔斗，才算是你的運氣。」

他知道廖八不懂，所以又接著道：「你若把那姓趙的做翻，你就倒楣了。」

廖八更不懂。

這人又喝了兩杯，才問道：「你知道那龜兒子是什麼來歷？」

廖八搖頭：「不知道。」

這人道：「大風堂的趙簡趙二爺，你總該知道吧！」

趙簡成名極早，二十年前就已名震江湖，黃河兩岸、關中皖北，也都在大風堂的勢力範圍之內，趙二爺的名銜，可說是無人不知，無人不曉。

廖八道：「我若連趙二爺的名頭都不知道，那才真是白混了。」

這人道：「那個姓趙的龜兒子，就是趙簡的大公子。」

廖八臉色立刻變了。

這人冷笑道：「你想想，你若真的做翻了他，大風堂怎麼會放過你？」

廖八一面喝酒，一面擦汗，忽然又不停的搖頭，道：「不對。」

這人道：「什麼不對？」

廖八道：「他若真是趙二爺的公子，只要亮出字號來，隨便走到哪裡去，要找個幾十萬兩銀子花，都容易得很。」

這人道：「不錯。」

廖八道：「那他爲什麼要撈到賭場裡來？」

這人笑了笑，笑得彷彿很神秘。

廖八道：「難道他存心想來找我們的麻煩，挑我們的場子？」

這人在喝酒，酒量還真不錯，連乾了十來杯，居然面不改色。

廖八道：「可是我知道大風堂的規矩，一樣賭，一樣女人，這兩行他們是從來不插手的。」

這人微微一笑，道：「規矩是規矩，他是他。」

廖八變色道：「難道想來挑我們的場子這是他自己的主意？難道他也想在這兩行裡插一腳？又礙著大風堂規矩，所以才不敢亮字號。」

這人淡淡道：「一個像他這麼樣的小伙子，花錢的地方當然不少，大風堂的規矩偏偏又太大，他若不偷偷的出來撈幾文，日子怎麼過得下去？」

他悠悠接著道：「要想出來撈錢，當然只有這兩行最容易。」

廖八怒道：「大風堂在這裡也有人，我可以去告他。」

這人道：「你怎麼告？趙二爺在大風堂裡一向最有人望。難道還想要大風堂的人幫著你來對付他的兒子？」

廖八不說話了，汗流得更多，忽然大聲道：「不行，不管怎麼樣都不行，這是我們用血汗打出來的天下，我們絕不可能就這麼樣讓給別人。」

這人嘆了口氣，道：「只可惜看樣子你不讓也不行，除非——」

廖八道：「除非怎麼樣？」

這人道：「除非這位趙公子忽然得了重病，去找他老子去了。」

他又替自己倒了杯酒，一飲而盡。

「只有死人是永遠不會找錢花的。」

廖八盯著他看了很久，壓低聲音問道：「你想他會不會忽然得重病？」

這人道：「很可能。」

廖八道：「你有法子能讓他忽然生這麼樣一場病？」

這人道：「那就得看你了。」

廖八道：「看什麼？」

這人道：「看你有沒五萬兩銀子？」

廖八眼睛裡發出了光，道：「如果我有呢？」

這人道：「那麼你就只要發張帖子，請他明天中午到城裡那家新開的四川館子『壽爾康』去吃飯。」

他微笑，接著道：「這頓飯吃下去，我保證他一定會生病，而且病得很重。」

廖八道：「病得多重？」

這人道：「重得要命。」

廖八道：「只要我發帖子請他，他就會去？」

這人道：「他一定會去。」
廖八又問道：「我是不是還要請別人去？」
這人道：「除了賈老闆外，你千萬不能請別人，否則……」
廖八道：「否則怎麼樣？」
這人沉下臉，冷冷道：「否則病的只怕就不是他，是你。」
廖八又開始喝酒，擦汗，又喝了三杯下去，忽然一拍桌子道：「就這麼辦！」

血戰

一

「壽爾康」是蜀中一家很有名的菜館，主人姓彭，不但是個很和氣很會照顧客人的生意人，也是個手藝非常好的廚師。

他的拿手菜是豆瓣活魚、醬爆肉、麻辣蹄筋、魚香茄子和魚香肉絲。

這些雖然都是很普通的家常菜，可是從他手裡燒出來，卻有化腐朽爲神奇的本事。

尤其是一尾豆瓣活魚，又燙、又嫩、又鮮、又辣；可下酒、可下飯，真是叫人百吃不厭，真有人不惜趕一兩個時辰的車，就爲的要吃他這道菜。

後來彭老闆生了兒子，娶了媳婦，又抱了孫子，算算自己的家當，連玄孫子、灰孫子都已經吃不完，所以就退休了。可是「壽爾康」的老招牌仍在，跟他學手藝的徒子徒孫們，就用他的招牌，到各地方去開店，店愈開愈多，每家店的生意都不壞。

這裡的「壽爾康」，卻還是最近才開張的，掌廚的大師傅，據說是彭老闆的親傳，一尾豆瓣活魚燒出來，也是又辣、又燙、又嫩、又鮮。

所以這家店開張雖然不到半個月，名氣就已經不小。

無忌也知道這地方。他第一天到這裡來的時候，就已在「壽爾康」吃晚飯。

除了一道非常名貴的豆瓣燒黃河鯉魚外，他還點了一樣麻辣四件、一樣魚唇烘蛋、一樣回鍋醬爆肉、一碗豌豆肚條湯。

他吃喝得滿意極了，卻被辣得滿頭大汗，他還給了七錢銀子小賬。

一個單獨來吃飯的客人，能夠給幾分錢銀子小帳已經算很大方的了。

所以他今天剛走進大門，堂口上的「么師」就已經遠遠的彎下了腰。

么師是四川話，么師的意思，就是店小二，伙計，堂倌。

這裡的么師，據說都是貨真價實，道道地地的四川人，雖然聽不見「格老子」、「龜兒子」、「先八板板」這類川人常常掛在嘴邊的土話，可是每個人頭上都纏著白布，正是標準川人的標誌。

川人頭上喜歡纏白布，據說是爲了紀念十月渡瀘的諸葛武侯。

七星燈滅，武侯去世，川人都頭纏白布，以示哀悼，以後居然相沿成習。

一入川境，只要看見頭上沒有纏著白布的人，一定是川人嘴裡的「下江人」，也就是「腳底下的人」，吃一頓三十文錢的飯，也得多付十文。

幸好這裡不是蜀境，今天也不是無忌請客。

所以他走進「壽爾康」大門的時候，臉上的表情愉快得很。

他心裡是不是真的愉快，就只有天知道了。

二

主人有兩位，賈六、廖八。客人只有無忌一個。

菜卻有一整桌，只看前面的四冷盤和四熱炒，就可以看出這是桌很名貴的菜。

酒是最好的瀘川大麴。

無忌微微一笑，道：「兩位真是太客氣了。」

賈六和廖八確實很客氣，對一個快要死了的人，客氣一點有什麼關係。

到這裡來之前，他們已經把這件事仔細討論了很久。

「那個人雖然來歷不明，行蹤詭異，可是他說的話，我倒很相信。」

「你相信他能對付趙無忌？」

「我有把握。」

「你看見過他的功夫？」賈六本來一直都抱著懷疑的態度。

「他不但功夫絕對沒問題，而且身上還好像帶著種邪氣。」

「什麼邪氣？」

「我也說不出，可是我每次靠近他的時候，總覺得心裡有點發毛，總覺得他身上好像藏著條毒蛇，隨時都會鑽出來咬人一樣。」

「他準備怎麼樣下手？」

「他不肯告訴我，只不過替我們在壽爾康樓上訂了個房間雅座。」

「爲什麼要選壽爾康？」

「他說話帶著川音，壽爾康是家川菜館子，我想他在那裡一定還有幫手。」

壽爾康堂口上的么師一共有十個人，樓上五個，樓下五個。

賈六曾經仔細觀察過他們，發現其中有四個人的腳步，都很輕健，顯然是練家子。

等到他們坐定了之後，樓上的么師又多了一個，正是他們的那位「朋友」。

「我們約定好五萬兩銀子先付三萬，事成後再付尾數。」

「你已經付給了他？」

「今天一早就付給了他。」

「帖子呢？」

「帖子也已經送給了那個姓趙的，還附了封短信。」

「誰寫的信？」

「我那大舅子。」

廖八的大舅子雖然只不過是個監生，寫封信卻絕不成問題。

信上先對無忌表示歉疚和仰慕，希望無忌必要賞臉來吃頓飯，大家化敵爲友。

「你看他會不會來？」

「他一定會來。」

「爲什麼？」

「因爲他天生就是個膽大包天的人，對什麼事都不在乎。」

無忌當然來了。

他從不拒絕別人的邀請，不管誰的邀請都一樣。

「他們準備什麼時候下手？」

「等到第一道主菜豆瓣鯉魚端上來的時候，只要我一動筷子挾魚頭，他們就出手。」

現在主菜還沒有開始上，只上了四冷盤和四熱炒，廖八手心裡卻已開始冒汗。

他並不是沒有殺過人，也不是沒有看見過別人殺人，只不過等待總是會令人覺得緊張。

他只希望這件事趕快結束，讓趙無忌這個人永遠從地面上消失。

因爲這件事絕不能讓焦七太爺知道，所以，一動手就絕不能出錯。

無忌一直顯得很愉快，好像從未發覺這件事有任何一點值得懷疑。

雖然他「白天從不喝酒」，也吃得不多，話卻說得不少。

因爲他在說話的時候，別人就不會發現他一直在注視觀察。

他看不出這地方有什麼不對，幾樣菜裡也絕對沒有毒！賈六和廖八也吃了不少。

他們甚至連貼身的隨從都沒有帶，外面也看不到有任何埋伏。

難道他們真的想化敵爲友！

唯一有點奇怪的地方是，這裡有幾個么師特別乾淨。

他們上菜的時候，無忌注意到他們連指甲縫裡都沒有一點油垢。

在飯館裡做事的，很少有這麼乾淨的人。

可是他們如果真的有陰謀，也應該想到這一點，把自己弄得髒一些。

其中還有個堂倌的背影看起來好像很眼熟，好像在什麼地方見過。

但是無忌卻又偏偏一直想不起來。

他很想看看這個人的臉，可是這個人只在門口晃了晃，就下樓去了。

「這地方的堂倌，我怎麼會認得？身材長得相像的人，世上本就有很多。」

他一直在替自己解釋，因爲他並不是真的想找賈六、廖八他們的麻煩。

他這麼樣做，只不過因爲他要用這法子去找一個人。

他認爲，只有用這種法子，才能夠找得到。

三

「壽爾康」遠近馳名的豆瓣鯉魚終於端上來了，用兩尺長的特大號盤子裝上來的，熱氣騰騰，又香又辣，只聞味道已經不錯。

屋子裡一直有兩個么師站在旁邊伺候，端菜上來的人已低著頭退下去。

廖八道：「有沒有人喜歡吃魚頭？」

賈六笑道：「除了你之外，只有貓才喜歡吃魚頭。」

廖八大笑，道：「那麼我只好獨自享受了。」

他伸出筷子，去挾魚頭。

就在這時，桌子忽然被人一腳踢翻，無忌的人已撲起，大喝一聲，道：「原來是你！」

上菜的么師剛退到門口，半轉過身，無忌已撲了過去。

就在這同一剎那間，一直站在屋裡伺候的兩個么師也已出手。

他們三個人打出來的都是暗器，兩個分別打出六點烏黑色的寒星，打無忌的腿和背。

他們出手時，才看出他們手上已戴了個鹿皮手套。

和廖八談生意的那個壯漢，也乘著轉身時戴上了手套，無忌飛身撲過去，他身形一閃，回頭望月式，竟抖手打出了一片黑濛濛的毒砂。

本已退到角落裡的賈六和廖八臉色也變了，失聲而呼。

「暗器有毒！」

他們雖然還沒有看出這就是蜀中唐門威震天下的毒蒺藜和斷魂砂，卻知道手上戴著鹿皮手套的人，打出的暗器一定劇毒無比。

無忌的身子凌空，想避開後面打來的十二枚毒蒺藜，已難如登天，何況前面還有千百粒毒砂！

就算在唐門的暗器中，這斷魂砂也是最霸道、最可怕的一種。

這種毒砂比米粒還要小得多，雖然不能打遠，可是一發出來就是黑濛濛的一大片，只要對方在一丈之內、兩丈方圓間，休想躲得開，只要挨著一粒，就必將腐爛入骨。

這次行動的每一個步驟、每一點細節，無疑都經過了極周密的計劃。

三個人出手的位置應該如何分配？

應該出手打對方的什麼部位才能讓他絕對無法閃避？

他們都已經算得很準。

可是他們想不到無忌竟在最後那一瞬間，認出了這個頭纏白布的壯漢，就是上官刃那天帶去的隨從之一，也就是把趙標殺了滅口的兇手，曾經在和風山莊逗留了好幾天的人。

無忌雖然並沒有十分注意到這麼樣一個人，腦子裡多少總有點印象。

就是這點印象，救了他的命。

他搶先了一步，在對方還沒有開始發動前，他就已撲了過去。

這壯漢翻身揚手，打出毒砂，驚慌之下，出手就比較慢了一點。

他的手一揚，無忌已到了他脅下，拳頭已打在他脅下的第一二根肋骨上。

骨頭破裂的聲音剛響起，他的人也已被翻起，剛好迎上後面打來的毒蒺藜。

十二枚毒蒺藜，竟有九枚打在他的身上。

他當然知道這種暗器的厲害，恐懼已堵住了他的咽喉，他連叫都叫不出來，只覺得全身的組織一下子全都失去控制，眼淚、鼻涕、口水、大小便一起湧出。

等到無忌將他拋出去時，他整個人都已軟癱，卻偏偏還沒有死。

他甚至還能聽得見他們那兩位夥伴的骨頭碎裂聲和慘呼聲。

然後他就感覺到一隻冰冷的手在摑他的臉，一個人在問：「上官刃在哪裡？」

手掌不停的摑在他的臉上，希望他保持清醒，可是，問話的聲音，卻已愈來愈遙遠。

他張開嘴，想說話，湧出的卻只有一嘴苦水，又酸又臭又苦。

這時他自己卻已聞不到了。

無忌終於慢慢的站起來，面對著賈六和廖八。

他的臉上全無血色，身上卻有血，也不知是誰的血濺上了他的衣服。

那上面不但有別人的血，也有他自己的。

他知道他的臉已經被幾粒毒砂擦破，還有一枚毒蒺藜打入他的肩頭。

可是他絕不能讓別人知道。

現在毒性還沒有完全發作，他一定要撐下去，否則他也要死在這裡，死在廖八的手下！

廖八的手是濕的，連衣裳都已被冷汗濕透。

剛才這一瞬間發生的事，簡直就像是場噩夢，令人作嘔的噩夢。

骨頭碎裂聲、慘呼聲、呻吟聲，現在一下子全部停止。

可是屋子裡卻仍然充滿了令人無法忍受的血腥氣和臭氣。

他想吐。

他想衝出去，又不敢動。

無忌就站在他們面前，冷冷的看著他們，道：「是誰的主意？」

沒有人開口，沒有人承認。

無忌冷笑，道：「你們若是真的要殺我，現在動手還來得及。」

沒有人敢動。

無忌冷看著，忽轉身走出來：「我不殺你們，只因爲你們根本不配我出手。」

他的腳步還是很穩，他絕不能讓任何人看出他已將支持不住。

四

傷口一點都不痛，只有點麻麻的，就好像被螞蟻咬了一口。

可是他的頭已經在發暈，眼已經在發黑。

唐家的毒藥暗器，絕不是徒具虛名的，這家館子裡，一定還有唐家的人，看起來特別乾淨的么師，至少還有兩三個。

用毒的人，看起來總是特別乾淨。

無忌挺起胸，堅步向前走。

他並不知道他受的傷是否還有救，可是他一定要走出去。

他就算要死，也絕不能死在這裡，死在他的仇人們面前。

沒有人敢攔阻他，這裡縱然有唐家的人，也已被嚇破了膽。

他終於走出了這家裝潢華美的大門。

可是他還能走多遠？

陽光燦爛，他眼前卻愈來愈黑，在路上走來走去的人，看來就像是一個個跳動的黑影。

他想找輛大車坐上去，可是他找不到，就算有輛大車停在對面，他也看不見。

也不知走了多遠，他忽然發覺自己竟撞到一個人的身上了。

這人好像在問他話，可是聲音又偏偏顯得模糊遙遠。

這個人是誰，是不是他的對頭？

他用力睜開眼睛，這個人的臉就在他眼前，他居然還是看不太清楚。

這人忽然大聲道：「我就是軒轅一光，你認不認識我？」

無忌笑了，用力抓住他的肩，道：「你知不知道我自己跟自己打了個賭？」

軒轅一光道：「賭什麼？」

無忌道：「我賭你一定會來找我。」他微笑著又道：「我贏了。」

說出了這三個字，他的人就已倒下。

四 活埋

毒藥與暗器

一

「蜀中唐門」並不是一個武功的門派，也不是一個秘密幫會，而是一個家族。

可是這個家族卻已經雄踞川中兩百多年，從沒有任何一個門派、任何一個幫會的子弟門人，敢妄入他們的地盤一步。因爲他們的毒藥暗器實在太可怕。

他們的暗器據說有七種，江湖常見的卻只有毒針、毒蒺藜，和斷魂砂三種。

雖然只有三種，卻已令江湖中人聞風而喪膽，因爲無論任何人中了他們的任何一種暗器，都只有等死，等著傷口潰爛，慢慢的死，死得絕對比其他任何一種死法都痛苦。

他們的暗器並不是沒有解藥，只是唐家的解藥，也和唐家的毒藥暗器一樣，永遠是江湖中最大的秘密之一，除了唐家的嫡系子孫外，絕對沒有人知道它的秘密，就連唐家的嫡系子弟中，能擁有這種獨門解藥的，也絕對不會超過三個人。如果你受了傷，你只有去找這三個人才能求到解藥。

那時候你就遇到一個不但非常嚴重，而且根本無法解決的問題——你根本就不知道這三個人是誰？

就算你知道了他們是誰，也找不到他們。就算你能找得到他們，他們也絕不會給你解藥。

所以你如果中了唐家的毒藥暗器，就只有等死，等著傷口潰爛，慢慢的死。

很慢很慢——

二

無忌還沒死。昏迷中，他一直覺得自己在顛簸起伏，就好像怒海浪濤中的一片葉子。

可是當他醒來時，他卻平平穩穩的躺在一張很舒服的床上。

軒轅一光就站在床頭看著他，臉上帶著種很有趣，又很嚴肅的表情，使得他這張本來就長得很奇怪的臉，看起來顯得很滑稽。看見無忌睜開了眼，這個充滿傳奇性的人就像孩子般笑了。

他眨著眼笑道：「你知不知道我也跟自己打了個賭？」

無忌舐了舐乾裂苦澀的嘴唇，用虛弱的聲音問：「賭什麼？」

軒轅一光道：「我賭我自己一定能夠保住你這條命。」

他的眼睛裡發著光，笑得比孩子還愉快，又道：「這次我總算贏了！」

無忌已經開始吃一點用人參和燕窩熬成的甜粥。他嘴裡一直在發苦，苦得想嘔吐。

吃完這甜粥後，才覺得舒服些。

粥煮得很好，屋子裡的佈置也像這甜粥一樣，不淡也不甜，恰到好處。他相信這絕不會是軒轅一光的家，一個逢賭必輸的賭徒，也許還會有棟很好的房子，卻絕不會有這麼樣一個家。

等他的體力稍微恢復了一點之後，他就忍不住問：「這是什麼地方？」

軒轅一光道：「這是第八個地方。」

「第八個地方」是什麼意思？

無忌不懂。

軒轅一光道：「昨天一夜之間，我已經帶你跑了七八個地方。」

他騎了一夜馬，騎得很快——這就是無忌爲什麼一直覺得自己好像在海浪中一樣。

他找了七八個有可能替無忌治好傷的人，但是別人只要一聽見傷者中的是唐家的獨門毒藥暗器，就只有對他說「抱歉」了！

軒轅一光又問：「你知不知道你現在爲什麼還能夠活著？」

無忌道：「爲什麼？」

軒轅一光道：「第一，因爲那三個姓唐的龜兒子並不是唐家的高手，用的暗器都是唐家嫡系子弟挑剩下的渣滓。」

他並沒有誇張：「打在你身上的那個毒蒺藜若是精品，現在你已經爛成了一堆泥。」

無忌苦笑。

軒轅一光道：「第二，因爲這裡的主人恰巧有一顆天山的雪蓮子，又恰巧是我的好朋友！」

天山雪蓮子，正是武林中人人公認的解毒聖藥，無上珍品，價值遠較體積比它大十倍的珍貴寶石還要貴重得多。

這裡的主人居然肯爲一個陌生人拿出這樣珍貴的藥物來，雖然是軒轅一光的面子，無忌對這個人卻還是同樣感激。

軒轅一光道：「第三，當然是因爲我已經跟自己打了個賭，不能讓你死。」

無忌忽然點了點頭，道：「因爲你想知道我爲什麼總是能擲出三個六來？是不是用了什麼手法？你想弄清楚，你那次輸得是不是很冤枉？」

軒轅一光瞪著他：「你知道？」

無忌道：「我當然知道。」

軒轅一光道：「難道你是故意這麼做的？」

無忌道：「我當然是故意的。」

軒轅一光道：「爲什麼？」

無忌道：「因爲我找不到你，就只有想法子要你來找我。」

軒轅一光道：「你知道我一定會來找你？」

無忌笑道：「不弄清楚這件事，你一定連飯都吃不下去。」

軒轅一光大笑：「好，好小子，你真有兩手！」

無忌道：「何止兩手而已！」

軒轅一光忽然不笑了，板起臉瞪著無忌，道：「你究竟是不是用了什麼手法？我那次究竟輸得冤不冤枉？」

無忌微笑道：「你猜呢？」

軒轅一光忽然跳了起來，跳起來足足有一丈高，大聲叫道：「好小子，我辛辛苦苦的救了你這條小命，你就這樣子報答我？」

無忌並沒有被他嚇住，反而笑得更愉快：「不管怎麼樣，當時你既然看不出來，就得認輸。」

軒轅一光怒道：「難道你沒有看見我輸出去的那些金子！」

無忌道：「那是你輸給蕭先生的，莫忘記你還輸了點東西給我。」

軒轅一光道：「我輸給你什麼？」

無忌道：「輸給我一句話。」

軒轅一光的記憶力好像忽然變得很壞，搖頭道：「我記不得了！」

無忌道：「你應該記得的，你說只要我能擲出個豹子，你就隨便我怎麼樣！」

軒轅一光再想賴也沒法子賴了，他並不是個賴皮的人，記性其實也不壞。

他一下子又跳了起來，大吼道：「你要怎麼樣？要我嫁給你做老婆？」

無忌道：「我只不過要你替我找一個人。」

他眼睛裡露出熱切的希望，又道：「你說過，你不但輸錢的本事大，找人的本事更是天下第一。」

軒轅一光又有點高興了，「天下第一」這四個字，總是人人都喜歡聽的。

他立刻問：「你要找誰？」

無忌用力握住手，控制住自己的聲音，一字字道：「上官刃。」

軒轅一光好像嚇了一跳：「大風堂的上官刃？」

無忌點頭，額上已因悲憤仇恨沁出冷汗。

軒轅一光道：「你就是趙簡的兒子，所以要找上官刃報仇？」

無忌已經點頭，黯然道：「你救了我的命，我永遠都會記住，我並不是個忘恩負義的人，可是我一定要找到上官刃！」

軒轅一光說道：「你連一點線索都沒有？」

無忌道：「一點都沒有！」

軒轅一光不說話了，在屋裡兜了十來個圈子，忽然大聲道：「好，我替你去找，只不過……」

無忌道：「不過怎麼樣？」

軒轅一光道：「你找到了他又怎麼樣？以你這點本事，連唐家三個不入流的小王八蛋都幾乎要了你的命，你憑什麼去對付上官刃？」

無忌沉默著，過了很久，繼續道：「這一點我也已想到！」

軒轅一光道：「哦？」

無忌道：「自從我到了蕭先生那裡之後，就已經知道這世上的武功遠比我想像中多得多，我的武功卻遠比我自己想像中差得多！」

軒轅一光道：「你總算還有點自知之明！」

無忌道：「我是想報仇，不是想去送死。」

軒轅一光道：「你並不笨！」

無忌道：「所以你只要能替我找到上官刃，我就有法子對付他！」

軒轅一光道：「要找上官刃，並不是件容易事！」

無忌道：「我知道。」

軒轅一光道：「他自己一定也知道自己做出來的事，見不得人，一定會改名換姓，找個別人絕對想不到的地方，去躲起來！」

無忌道：「我只希望你能在一年之內給我消息！」

軒轅一光道：「你能等一年？」

無忌道：「有的人爲了報仇，十年都可以等，我爲什麼不能等一年？」

他的態度很鎭定，已不再是個被仇恨蒙住了眼去亂衝亂闖的無知少年。

他顯得充滿了自信和決心。

軒轅一光又盯著他看了很久，忽然伸出手，在他的肩上用力一拍，道：「好，一年之後你再到這裡來，我一定有消息給你！」

他不讓無忌表示感激，立刻又問道：「現在你是不是可以告訴我了，你是不是用了手法？」

無忌道：「我的確用了點手法，卻不是郎中的手法。」

軒轅一光道：「你用的究竟是什麼手法？」

無忌道：「是種絕不會被人揭穿的手法，就算我告訴別人我是用了這種手法，別人也只有認輸！」

軒轅一光道：「為什麼？」

無忌點點頭道：「你有骰子？」

軒轅一光道：「當然有。」

就像是大多數真正的賭鬼一樣，他身上也帶著他最喜歡的賭具。

他最喜歡的是骰子，隨手就掏出了一大把。

無忌拈起一粒，道：「骰子上每一面都刻著點數，每一面的點數都不同，六點這一面，通常比五點那一面重些。」

軒轅一光道：「為什麼？」

無忌道：「因為點子上的漆，要比做骰子的骨頭份量重些。」

他又補充：「如果是用玉石做的骰子，六點那一面就要比五點輕了！」

他觀察得的確很仔細，軒轅一光整天在骰子裡打滾，這道理卻從未想到過。

無忌道：「這種輕重之間的差別當然很小，一般人根本不會注意到，就算能注意到，也覺察不出，可是一個久經訓練的人就不同了！」

軒轅一光道：「有什麼不同？」

無忌道：「如果你常常練，就可以利用這種份量上的這一點差別，把你想要的那一面擲在上面，也就是說，你想擲幾點，就可以擲成幾點！」

軒轅一光張大了眼睛在聽，就好像在聽封神榜中的神話。

無忌道：「我從八九歲的時候就開始練，甚至連睡覺的時候都會帶三粒骰子到被窩裡去擲，每天也不知要擲多少遍，一直練到二十歲，我才有把握絕對可以擲出我想要的點子來。」

軒轅一光怔了半天，才緩緩吐出口氣，說道：「你怎麼會想到要練這種玩意兒的？」

無忌道：「我們家一向不許賭錢，只有在過年前後才開禁幾天，卻還是不准小孩子去賭。」

他點點頭又道：「就因爲不准我們小孩去賭，所以我們反而愈想去賭。」

這種心理軒轅一光當然很瞭解。

無忌道：「那時候我的賭運很不好，每年都要把壓歲錢輸得精光，我愈想愈不服氣，發誓要把輸出去的錢都贏回來！」

軒轅一光道：「後來，你當然贏回來了。」

無忌笑道：「我練了兩三年之後，手氣就剛剛開始變好了，到後來每人在擲骰子的時候，只要一看見我走過去，就立刻作鳥獸散，落荒而逃。」

軒轅一光撫掌大笑，笑得連腰都彎了下去。

只要想一想無忌那種「威風」，這個逢賭必輸，輸遍天下無敵手的賭鬼，就變得像孩子一樣興奮歡喜。

無忌用眼角瞟著他，然後道：「只可惜你現在才開始練，已經來不及了！」

軒轅一光立刻不笑了：「爲什麼？」

無忌道：「因爲大人的手沒有小孩那麼靈巧，也沒法子像小孩那麼樣整天都睡在被窩裡面擲骰子。」

軒轅一光一把抓住無忌，道：「你看在這方面還有沒有法子補救？」

無忌不說話，只搖頭。

軒轅一光怔了半天，忽然又大笑，就好像又想到了什麼得意之極的事。

軒轅一光只笑，不說話。

門是開著的，門外忽然有人在輕輕咳嗽，一個衣著清雅的中年美婦人，扶著一個小女孩的肩走進來，嫣然道：「是什麼事讓你這麼開心？」

小女孩一雙大眼睛滴溜溜亂轉，吃吃的笑道：「我剛才聽見大叔說要嫁給這位趙公子做老婆，現在趙公子一定已經答應了！」

婦人瞪了這孩子一眼，自己也忍不住笑了。

看見這婦人走過來，軒轅一光居然變得規矩了起來，甚至顯得有點拘束。

無忌正猜不透他們之間的關係，軒轅一光已經對他說：「這位梅夫人，才是真正救你命的那一個人……」

那小女孩子搶著說道：「真正救他命的人是我，娘早就已把那顆雪蓮子送給我了。」

梅夫人又瞪了她一眼，檢衽道：「小孩子沒規矩，趙公子別見笑。」

無忌趕緊站起來，想說幾句客氣感激的話，又不知應該怎麼說。

這種救命的大恩，本不是幾句感激話能夠表達得出的。

梅夫人道：「若不是大哥及時把趙公子傷口上的腐肉割掉，就算有雪蓮子，也一樣沒法子解得了趙公子的毒。」

她嫣然一笑，又道：「這也是趙公子吉人天相，才會有這種種巧合。」

小女孩又插嘴說道：「只可惜他臉上以後一定會留下個大疤來，一定醜得要命。」她吃吃的嬌笑，道：「幸好，他不怕娶不到老婆，因爲，至少還有大叔要嫁給他。」

無忌也笑了。

這小女孩聰明伶俐，絕不在那一雙孿生兄弟之下，卻好像比他們還要調皮，還要會說話。

她的母親雖然在瞪她、罵她，目光和語氣中卻連一點責怪的意思都沒有，只有歡喜和慈愛。

就連無忌都覺得很喜歡，忍不住問道：「小妹妹，你叫什麼名字？」

小女孩眼珠子轉了轉，忽然搖頭，道：「我不能告訴你。」

無忌道：「爲什麼？」

小女孩道：「因爲你是個男人，男女授受不親，女孩子怎麼能隨便把自己的名字告訴男人？」

軒轅一光大笑，道：「好寶貝，你真是個寶貝。」

小女孩忽然一下跳到他的身上，要去揪他的鬍子：「你爲什麼要把我的名字說出來，我要你賠的。」

原來她就叫做寶貝。

梅寶貝。

無忌記住了這名字，也記住了這母女兩個人，她們的恩情，他一輩子都沒有忘記。

寶貝道：「我也知道你叫趙無忌。」

無忌向她一笑：「以後，你還會不會認得我？」

寶貝道：「我當然認得，因爲你臉上一定會有個大疤。」

三

無忌心裡忽然多了幾個結。

這絕不是因爲他臉上多了塊疤，更不是因爲他肩膀少了塊肉。

這些事他根本不在乎，根本沒有想。

可是另外有件事，他卻不能不想。

梅夫人爲他們準備的宵夜精緻而可口，最讓趙無忌覺得愉快的是：她並沒有留下來陪他們。

一個聰明的女人，總會在合適的時候避開，讓男人們去說只有男人聽得有趣的話。

她也許並不能算是個很好的母親，因爲她對孩子顯然有點溺愛。

但她卻無疑是個理想的妻子。

可是她的丈夫呢？

無忌沒有看見她的丈夫，也沒有聽他們提起過她的丈夫。

難道她已是個寡婦？

看她對軒轅一光的溫柔親近，軒轅一光對她的體貼尊重，他們之間的關係顯然很不尋常。

他們究竟是什麼關係？是不是有一段不能對外人訴說的感情？

這些事無忌很想知道。

但是他並沒有問，因爲他心裡有件別的事讓他覺得很憂慮，甚至有點恐懼。

那就是唐家的毒藥暗器。

一些「被唐家嫡系子弟挑剩下的渣滓」，已經如此可怕，三個唐家門下的普通角色，已經幾乎要了他的命。

這一點他只要想起來就難受。

現在唐家和霹靂堂已經結盟，上官刃的隨從中，居然有唐家的人。

他們之間是不是已有了什麼秘密的勾結？上官刃會不會躲到唐家去？

他當然不能到唐家去搜人，他根本沒有證據，何況他就算有證據也不能去找。

以他的武功，就只怕連唐家的大門都進不了。

想到了這一點，他只覺得全身都在發冷。

他只希望軒轅一光能替他找出上官刃確實的下落來，他伺機行刺，全力一搏，才會有成功的機會。

他的仇恨，絕不是單憑一時血氣之勇就能夠報得了的。

有酒，很好的酒。

受了傷的人不能喝酒，喜歡賭的人不會太喜歡喝酒，一個人喝酒更無趣。

所以酒幾乎沒有動。

無忌倒了點茶在酒杯裡，向軒轅一光舉杯：「這次我以茶代酒，下次再陪你喝真的。」

軒轅一光道：「只要再過兩三天，你就可以喝真的了。」

無忌道：「我耽不了那麼久。」

軒轅一光道：「你急著要走？還是急著要趕我走，替你去找人？」

無忌笑了：「我兩樣都急。」

軒轅一光道：「你急著到哪裡去？」

無忌道：「我要到九華山，等人去找我！」

軒轅一光道：「等誰？」

無忌道：「我既不知道他的名字，也不知道他的來歷，可是我知道，這世上如果有一個能破唐家武功的人，這個人，就是他。」

軒轅一光道：「他用什麼破？」

無忌道：「用劍。」

軒轅一光冷笑，道：「你有沒有見過唐家的獨門暗器手法『滿天花雨』？」

無忌沒有見過，卻聽說過。

據說，這種手法練到登峰造極時，一雙手可以同時發出六十四件暗器來，分別打向六十四個部位，無論你怎麼躲都躲不了。

軒轅一光道：「除非他一個人有十隻手，十把劍，才能夠破得了那一著滿天花雨。」

無忌道：「他只有一雙手，一把劍，可是已經足夠了。」

軒轅一光眼睛忽然發亮，彷彿已猜出了他說的這個人是誰。

無忌又道：「他的劍法之快，我保證連你都沒有看見過。」

軒轅一光故意冷笑，道：「就算他的劍法真快，也未必會傳授給你。」

無忌道：「他當然不一定要傳授給我，因爲他隨時可以殺了我。」

軒轅一光道：「如果他不想殺你，就一定要傳你劍法？如果他不想傳你劍法，就一定要殺了你？」

無忌道：「就是這樣子的。」

靈山開九華

一

曲平在和風山莊大廳外那面光可鑑人的屏風前先照了一下自己的樣子，對一切都覺得滿意了之後，才大步走了過去。

他是個很英俊的年輕人，修長而健壯，一張永遠不會令人覺得衰老疲倦的娃娃臉上，總是帶著真誠而討人喜歡的笑容。

他的裝束既不太華麗，也不寒酸，他的舉止和談吐都很得體，絕不會讓人覺得憎惡討厭。

從外表看上去，他無疑是個毫無瑕疵的年青人，他的身世和歷史也絕無可以讓人非議之處。

他的父親是個名氣並不響亮的鏢師，可是在退休之前卻從未有過失鏢的記錄，退休後就回到家鄉，開場授徒，雖然沒有教出過什麼出類拔萃的弟子，卻也沒有誤人子弟。

他的母親溫柔賢淑，是鄉里間聞名的賢妻良母，而且會做一手好針線。

在冬日苦寒時，貧苦人家的小孩子們身上，總是穿著曲老太太親手縫製的棉衣。

他的家世不顯赫，可是一家人和和睦睦，一向很受人尊重。

他今年二十三歲，獨身未婚，除了偶爾喝一點酒之外，絕沒有任何奢侈浪費的不良嗜好。

十六歲那年，他就進了他父親早年服務過的那家鏢局，三年後就升為正式的鏢師。

那時候他就知道這家鏢局也是隸屬於大風堂的，他也順理成章的投入了大風堂，拜在司空曉風屬下的一個分舵舵主的門下。

沒有多久，他的才能就使得他脫穎而出，被司空曉風親自擢升為「分司」。

分司雖然沒有固定的地盤管轄，卻在三大堂主的直屬之下，薪俸和地位都和分舵的舵主完全一樣，有時權力甚至更大。

他負責的事務是聯絡和傳訊，其中還包括了偵訪和交際。

因爲他的特殊才能並不是殺人，也不是武力。

他的人緣極好，無論到什麼地方去，都很快就能交到朋友。

而且他觀察敏銳，反應極快，做事從不馬虎，如果要他去調查一件事，他更不會令人失望。

司空曉風對他的評論是：

「這孩子，總有一天會成爲分堂堂主的。」

他見過趙簡趙二爺幾次，今天卻是他第一次到和風山莊來。

今天是司空曉風特地叫他來的，據說是因爲「一點私事」。

如果堂主私人有事要他處理，那就表示他已進入這組織的核心。

他外表雖然極力保持平靜，卻還是掩不住內心的興奮。

他早就聽說趙二爺的千金是個有名的美人，而且至今雲英未嫁，自從趙二爺去世，趙公子離家之後，掌理和風山莊的就是這位趙小姐。

「我如果能夠成爲和風山莊的乘龍快婿……」

這是他心底一個秘密的願望，他很少去想，因爲只要一想起來，他的心跳就會加快。

今天是七月初五，距離趙簡之死，已經有整整四個月。

自從四月之後，就沒有再聽到過趙公子無忌的消息。

趙無忌竟失蹤了。

二

天氣很熱。

和風山莊的大廳雖然高大寬敞，坐久了還是會冒汗。

衛鳳娘親自將一塊用井水浸得很涼的面巾送到司空曉風面前，請他擦擦汗。

她一向溫柔體貼，最近一段日子裡，更表現出她的堅強和能幹。

她默默的幫著千千治家，任勞任怨，從來沒有擺過一點女主人的架子。

一個女人所能具有的全部美德，你都可以在她身上找到。

可是她未來的夫婿卻「失蹤」了。

司空曉風心裡在嘆氣——爲什麼紅顏總是多薄命？

千千身上還戴著重孝，經過這幾個月來的苦難磨練，使得她終於完全長成。

現在她已不再是以前那刁蠻任性的小姑娘，已經是個完全可以獨立自主的女人。

這種改變使得她看來更成熟美麗。

她發育得本來就很好，很久以前就要用一根布帶緊緊束起胸。

這使得她自己很氣自己。

每當她發現一些年輕力壯的小伙子在偷看她時，她就會無緣無故的生氣，氣得要命。

外面已經有人傳報。

「第一堂堂主下的分司曲平求見。」

司空曉風早已解釋過：

「是我叫他來的，兩個多月以前，我就叫他去打聽無忌的消息。」

千千立刻問道：「他已經打聽出了什麼沒有？」

「這正是我要問他的，」司空曉風說：「所以我找他來，讓你當面聽他說。」

曲平走進來的時候，笑容誠懇，態度穩重，可是，千千對他第一眼的印象並不好。

她不喜歡這種衣裳總是穿得整整齊齊，頭髮總是梳得一絲不亂的男人。

她總認爲這種男人太做作，太沒有性格。

像她哥哥那種灑脫不羈，敢作敢爲的男人，才是她心目中真正的男子漢。

幸好曲平並沒有像別的年輕人那樣，用那種眼光去看她，而且一開始就說出了重點！

他道：「三月二十八日那天，還有人看見過趙公子，那好像就是他最後一次露面了。」

司空曉風道：「那天他是在什麼地方露面的？」

曲平道：「在九華山一家叫『太白居』的客棧裡。」

他又道：「他先在鎮上買了些乾糧和酒，將坐騎留在太白居，託客棧的掌櫃照顧，還預付了十兩銀子的草料錢。」

司空曉風道：「這麼樣看來，他一定是到九華山去了。」

曲平道：「大家都這麼想，只不過……只不過……」

千千看著他，厲聲叫道：「只不過怎麼樣？」

她的態度實在很不好，只因爲她從不喜歡說話吞吞吐吐的人。

曲平看出了這一點，立刻回答：「他上山之後，就一直沒有下來過。」

千千道：「你怎麼知道？」

曲平道：「因爲那小鎮是入山的必經之路，他那匹坐騎，直到現在還留在太白居，我親自去看過，那是匹好馬。」

對無忌這樣的男人來說，一匹好馬的價値，有時幾乎就像是個好朋友。

曲平道：「所以我想，如果趙公子下了山，絕不會把那麼樣一匹馬，留在客棧裡。」

他想了想，又補充著道：「可是客棧的韋掌櫃並不著急，因爲十兩銀子的草料，至少可以讓那匹馬吃上一年。」

千千皺起了眉，道：「一年？難道他早已準備到山上去過一年？」

曲平道：「所以我就帶了十二個人到山上去找，大大小小的佛寺巖洞都去找過，卻連一點線索都沒有找到。」

千千道：「難道他一上了山之後，就憑空失蹤了？」

曲平沉吟著，道：「也許他根本沒有上山去，因爲山上所有的寺廟我都去問過，他們都沒有看見過趙公子這麼樣一個人。」

像趙無忌這麼樣一個人，無論走到哪裡，都應該很引人注意的。

司空曉風道：「那天有些什麼人看見過他？」

曲平道：「那附近有不少人都認得趙公子。」

司空曉風問道：「他們怎麼會認得他的？」

曲平好像並不想說出原因，可是一看見千千的臉色，立刻就改變了主意。

他說得簡單而扼要：「從三月初八到三月二十三日那半個月裡，趙公子已成了附近一帶十三個城鎮裡有名的人。」

他眼中彷彿也帶羨慕之色，接著道：「因爲那半個月裡，他一共擲出了三十九次『三個六』，幾乎把所有的賭場都贏垮了，連號稱『賭王』的焦七太爺，都曾經栽在他手裡。」

他本來不想說出這些事，因爲他已知道無忌那時候還在服喪時期，本來絕對不應該到賭場裡去擲骰子的。

可是他不想讓千千認爲他有所隱瞞，他已看出了千千的脾氣。

能夠在一兩眼就看出一個人的性格和脾氣，正是他最特別的才能之一。

鳳娘的臉色立刻變了，千千已叫起來：「他怎會到賭場裡去賭錢?他絕不是這樣的人。」

她狠狠的瞪著曲平，又道：「你一定是在胡說八道。」

曲平沒有辯駁，也不想辯駁，他知道最聰明的法子就是保持沉默。

司空曉風果然已替他說話了：「他絕不敢胡說的，無忌當然也絕對不會是這麼荒唐糊塗的人，他這樣做，一定有他的用意。」

其實他當然知道無忌這麼做是爲了要「釣出」軒轅一光來。

他也知道無忌爲什麼要上九華山去，是去找什麼人。

奇怪的是，他居然沒有說出來，也許他認爲說出來之後，千千反而會更擔心。

千千又瞪了曲平兩眼，才問道：「三月二十八日之前，他在哪裡？」

曲平道：「三月二十三日的中午，他在縣城一家新開張的川菜館子『壽爾康』和兩個賭場老闆吃飯，手刃了三個蜀中唐門的子弟。」

他接著道：「我已調查過他們的來歷，除了一個叫唐洪的，是唐二先生的侄孫外，其餘兩個人，都是唐家的旁支。」

千千冷笑一聲道：「唐家的人，到了我們地盤上來，居然要等到我哥哥殺了他們之後，你們才知道，你們平常是在幹什麼的？」

曲平又閉上了嘴。

千千終於也發覺這句話不但是在罵他，也傷了司空曉風，立刻就改變話題，問道：「他殺了那三個人之後，到哪裡去了！」

曲平道：「從二十三日到二十七日這五天，也沒有看見過趙公子的行蹤，直到二十八日那一天，他才在九華山下露面。」

千千道：「然後他就忽然不見了？」

曲平道：「是！」

千千又忍不住冷笑，道：「這就是你打聽出來的結果？」

曲平道：「是。」

司空曉風淡淡一笑，道：「如果他只能打聽到這些，我想別人未必能打聽出更多。」

千千忽然站起來，大聲道：「我爲什麼一定要叫別人去打聽，我自己去。」

司空曉風道：「可是這裡的事……」

千千道：「我哥哥的事比什麼事都重要。」

司空曉風當然也知道她的脾氣，所以並沒有阻攔她，只問：「你準備帶些什麼人去？」

千千還沒有開口，鳳娘忽然也站起來，道：「她要帶我去。」

她的態度雖然溫柔，卻很堅決道：「因爲她不帶我去，我自己也會去的。」

三

「昔在九江上，
遙望九華峰，
天河掛綠水，
秀出九芙蓉。
我欲一揮手，
誰人可相從，
君為東道主，

於此臥雲松。」

這是詩仙李白的名句，九華山和這位謫仙人的淵源極深。

寰宇說：「舊名九子山，唐李白以九峰如蓮花削成，改爲九華山。」

山以詩仙而名，山上山下以「太白」爲名的地方很多。

「太白居」就是其中之一。

現在趙千千和衛鳳娘已到了太白居。

「這就是趙公子的馬，」太白居的掌櫃再三強調說：「我們從來不敢缺一頓草料。」

這位胖胖的掌櫃無疑是個老實人，千千也看出他說的是老實話。

無忌的馬，被養在一個單獨的馬廄裡，馬也養肥了，只不過總顯得有點無精打彩的樣子，彷彿也在思念著牠的主人。

看見千千，牠居然也認得，歡喜的輕嘶著，用頭來頂千千的顎。

千千卻已幾乎落淚。

她回頭去看鳳娘，鳳娘遠遠的站在一棵孤零零的銀杏樹下，眼淚早已流滿了面頰。

無忌究竟到哪裡去了？爲什麼一去就全無消息？

是吃飯的時候了。

她們並不想吃飯，也吃不下，飯菜卻已經擺在桌上等著她們。

六菜一湯、一碟雞絲炒豆芽、一碟金鈎白菜、一碟鹵豬肝切片、一碟酸菜炒辣椒、一碟清蒸魚、一碟醋溜魚片、一大碗黃瓜川丸子湯。

這都是很普通的家常菜，她們看見卻吃了一驚。

因爲這六樣菜正是她們平常最喜歡吃的，十頓飯裡至少有九頓都少不了。

這家客棧的掌櫃怎麼會知道她們喜歡吃什麼？

千千忍不住問道：「這些菜是誰叫你做的？」

掌櫃的陪著笑臉，說道：「是西跨院的一位客人，他說他知道姑娘們喜歡吃這幾樣菜。」

千千的臉立刻氣得發紅，道：「那位客人是不是叫曲平？」

掌櫃的點了點頭，還沒有開口，千千已經跳起來，大聲道：「你叫他到這裡來，趕快來，愈快愈好。」

曲平來了，來得很快。

千千看到他的時候，就好像看到了仇人一樣，板著臉道：「你跟著我們到這裡來幹什麼？」

曲平道：「我是奉命而來的。」

千千道：「奉誰的命？」

曲平道：「司空堂主。」

千千道：「他叫你來幹什麼？」

曲平道：「來照顧二位姑娘。」

千千冷笑，道：「你憑什麼認爲我們需要別人照顧？」

曲平道：「我只知道奉命行事。」

千千道：「你怎麼知道我們想吃些什麼？」

曲平道：「司空堂主既然要我照顧二位，這些事我都應該知道。」

千千狠狠地的瞪著他，忽又冷笑，道：「看起來你倒真像很會辦事的樣子。」

曲平不開口。

千千道：「你能不能替我做件事？」

曲平道：「請吩咐。」

千千又跳起來，大聲道：「你能不能走遠一點，走得愈遠愈好。」

夜，燈下。

千千好像還在生氣，雖然她平常也很會生氣，但沒有這次氣得久。

鳳娘柔聲問：「你在氣什麼？」

千千道：「我討厭那個人。」

鳳娘道：「我倒看不出他有什麼太讓人討厭的地方。」

千千道：「我看得出。」

鳳娘沒有再問下去。

她知道如果她再問：「他有什麼地方討厭？」

千千一定會說：「他全身上下，沒有一個地方不討厭。」

一個人如果要討厭一個人，根本就不需要任何理由。

就好像一個人如果要喜歡一個人，也不需要任何理由一樣。

有時候沒有理由就是最好的理由。

所以鳳娘只淡淡的說了句：「不管怎麼樣，他總是司空大爺派來的，你總得給司空大爺一點面子。」

這句話很有效。

鳳娘一向很少說話，可是她說出來的話通常很有效。

千千的態度已經有點轉變了，就在這時候，她們聽見了一聲驚呼。

一聲很多人同時發出來的驚呼。

四

趙千千和鳳娘住在後面一座跨院間客房裡，再往後面去，就是這客棧掌櫃和伙計們自己住的地方了，慘呼聲就是從那裡傳來的。

鳳娘不是喜歡多事的女人，可是一聽見慘呼，千千就衝了出去。

她也只好跟著出去，她不想一個人耽在這陌生而冷清的屋子裡。

後面的院子比前面簡陋得多，也小得多，只有一間屋裡燃著燈。

屋子裡很窄，只能擺一張木桌和幾張板凳，桌上還擺著飯菜。

客棧的掌櫃夫妻和四個伙計剛才正在吃飯，吃著吃著，掌櫃的忽然倒了下去。

別人去扶他的時候，他整個忽然縮成了一團，不停的抽搐，一張嘴歪斜腫脹，像是被人狠狠打了一拳。

他的妻子已經快急瘋了，跪在地上，拚命去挖他的嘴，叫他把那根魚刺吐出來。

每個人都已想到一定是魚刺有毒，卻想不到一根魚刺怎麼會毒得這麼厲害。

千千她們趕到的時候，這胖胖掌櫃的臉已發黑、眼珠已凸出。

等他的妻子把魚刺挖出來時，他整個人都已經不會動了。

「都是這根該死的魚刺。」

他的妻子又急、又害怕又憤怒，恨不得一口把這根魚刺嚼碎吞下。

千千忽然大喝：「吐出來，趕快吐出來。」

掌櫃娘子又吃了一驚，嘴裡的魚刺掉在地上，發出「叮」的一聲輕響。

大家這才看出，這根魚刺並不是魚刺，而是一根針，比繡花針還小的針。

針尖在燈下閃著慘碧色的烏光。

千千拾起雙筷子，挾起這根針，臉色立刻變了，失聲道：「這是唐家毒針！」

掌櫃娘子駭極而呼：「這怎麼會是毒針？魚裡面怎麼會有毒針？」

呼聲淒厲嘶啞，她的臉忽然也開始扭曲，接著人也縮成了一團，完全跟她的丈夫倒下去時的情況一樣。

伙計們看著她，都嚇呆了。

千千大聲道：「你們有誰吃過魚？」

伙計們臉上立刻露出恐懼之極的表情，他們每個人都吃過魚。

每個人都蹲了下去，用手拚命挖自己的嘴，想把剛吃下的魚吐出來。

他們吐出的只不過是一口口酸水，就算他們能把魚刺吐出來，也來不及了。

忽然間四個伙計中已有三個倒了下去，身子立刻縮成一團。

沒有倒下去的那個伙計也已嚇得全身發軟，連褲襠都濕了一片。

千千道：「你沒有吃魚？」

這伙計牙齒打戰，結結巴巴的說：「我吃……吃了一樣，沒……沒有吃……醋……醋……」

桌上果然有兩種做法不同的魚，一碟清蒸魚，一碟醋溜魚片。

他只吃了清蒸魚，沒有吃醋溜魚片。

毒針就在醋溜魚片裡，針上的劇毒，把一碟子魚片都染成了致命的毒魚，只要吃了一片，就必死無救，掌櫃的咬到毒針，所以發作得最快。

唐家的獨門毒藥暗器，絕不會無緣無故的掉在一碟醋溜魚片裡。

這是誰下的毒，想毒死誰？

桌上有六碟菜，一碗湯。

除了這兩味魚外，還有一碟雞絲炒豆芽、一碟金鈎白菜、一碗鹵肝切片、一碗酸菜炒辣椒、一大碗黃瓜川丸子湯。

這桌菜本是替千千和鳳娘準備的。

掌櫃的一向很節省，沒有人在的房子裡，連燈都捨不得點燃，當然捨不得浪費這一桌好菜。

千千她們既然不吃，他就把老妻和伙計們找來一起享用。

這桌菜就成了他們的催命符。

看著這些無辜的人即將慘死，鳳娘全身顫抖，倚在牆上流淚。

「原來他想毒死的是我們。」

這桌菜是曲平特地爲他們準備的，曲平爲什麼要毒死她們？

難道他也已和唐家的人在暗中勾結？

千千臉色鐵青，咬著牙道：「你是跟我去？還是在這裡等？」

鳳娘道：「你……你要到哪裡去？」

千千道：「我要去殺人。」

鳳娘眼淚又流下。

她一向憎惡流血和暴力，她不敢看別人殺人，可是她更不敢留在這裡。

她忽然開始恨自己，恨自己爲什麼如此軟弱？

她掩著臉衝了出去，剛衝出房門，就撞在一個人身上。

這個人赫然正是曲平。

七月的晚上，繁星滿天。

淡淡的星光照著曲平的臉，他臉上那種誠懇的笑容已不見了，顯得說不出的殘酷邪惡。

千千聽到鳳娘的驚呼趕出來時，曲平已捏住鳳娘的手。

「放開她。」

曲平冷冷的看著她，連一點放手的意思都沒有。

千千想撲上去，又停下，鳳娘還在他手裡，她不能輕舉妄動。

她勉強使自己保持鎮定，壓低聲音問：「你爲什麼要做這種事？」

曲平的眼睛全無表情，冷冷道：「因爲我要讓你知道，你並沒有什麼了不起。」他的聲音冷如刀割：「你只不過是個被你老子寵壞了的小婊子而已。」

誰也想不到這種話竟會從平時那麼斯文有禮的一個人嘴裡說出來。

千千也氣得全身發抖。

黑暗的角落裡卻忽然有人在拍手，吃吃笑道：「說得好，這女娃兒看起來倒真像個婊子，在床上動起來一定很帶勁！」

黑暗中有兩個人。

比較高的一個寬肩凸肚，滿臉淫猥的笑容，眼睛正瞪在千千的腰下。

比較矮的一個臉色陰沉，一雙小而尖的眼睛看來就像是條毒蛇。

兩個人的腰帶上都佩著革囊，右手上卻戴著隻鹿皮手套。

可是千千的眼睛已紅了，什麼都不管了，解下了扣在腰帶上的軟鞭，一個箭步就竄了過去。

雖然趙二爺並不贊成女孩子練武，可是這位大小姐卻在偷偷的練。

和風山莊裡本就有不少高手，她哥哥偶爾也會偷偷教她幾手，加上她又特別聰明，這幾年來挨過她鞭子的人可真不少。

只可惜這兩個人並不是和風山莊的門下，也用不著故意讓她。

毒蛇般的矮子忽然毒蛇般伸出那隻戴著鹿皮手套的手，反手一抓，就抓住了鞭梢。

千千雖然吃驚，還不太在意，她的鴛鴦雙飛腿也踢倒過不少人。

她雙腿齊飛，踢了出去。

等到她發現自己的武功並不如自己想像中那麼高的時候，已經來不及了。

她的足踝已經被一隻大手抓住。

比較高的這個人用一隻手抓住她纖巧的足踝，把她的腿慢慢往上抬，臉上的笑容更淫猥，吃吃的笑著道：「這姿勢倒不錯。」

千千雖然還是個很純潔的女孩子，可是這種話不管多純潔的女孩子都能聽得懂的。

她又羞、又急、又恨，一口口水往他臉上啐了過去。

「豬！」

這人臉色變了，變得說不出的獰惡可怕。

曲平大呼：「不可以。」

這人卻已經一拳打在千千的胸脯上，一陣奇異的劇痛，痛得她眼淚湧出，全身抽緊，連叫都叫不出來。

這人的眼睛卻發出了光，又開始吃吃的笑，又想揮拳打出去。

他的拳頭，卻被那較矮的一個人伸手攔住。

這人著急道：「老三，你讓我先幹了這臭婊子行不行？」

老三道：「不行。」

這人道：「爲什麼不行？」

老三道：「因爲我說不行。」

這人叫了起來：「你是不是一定要老子把這個細皮白肉的女娃兒讓給那個龜兒子？」

他們說的本來是普通話，可是他一發脾氣，就露出了鄉音。

老三沉下臉，冷冷道：「你既不是老子，他也不是龜兒子，是我們的朋友。」

他們的朋友，當然就是曲平。

大個子雖然並沒有把曲平當朋友的意思，但對這個老三卻好像有點畏懼，雖然氣得連脖子都粗了，卻還是放開了千千。

唐力道：「我們不遠千里從蜀中趕到這裡來，只因爲我們有筆賬要跟趙無忌算一算。」

千千忍不住問道：「你要找他算什麼賬？」

唐力道：「我們有一個兄弟死在他的手裡。」

他們的兄弟就是唐洪。

唐力道：「唐洪要殺趙無忌，所以趙無忌殺了他，這本來是很公平的事，可是他實在死得太慘。」

想到唐洪扭曲殘破的屍體，和臉上的恐懼之色，他眼睛裡的怨毒更深：「我知道你們一個是趙無忌的老婆，一個是他的妹妹，我本來應該殺了你們，讓他也難受難受。」

千千道：「你為什麼不動手？」

唐力道：「因為我們和這位姓曲的朋友做了件交易。」

千千道：「什麼交易？」

唐力道：「用你換趙無忌。」

他陰森森的笑笑，又道：「這交易也很公平，我們要的是趙無忌的腦袋，他要的卻是你，要你陪他睡覺。」

千千轉著頭，狠狠的瞪著曲平，眼睛裡像是要冒出火來。

曲平卻好像看不見。

唐力道：「我們並不想剝下你的褲子，要你陪他睡覺，這要靠他自己的本事，可是你們最好也老實些，千萬不要搗亂生事，更不要想逃走，否則我只好把你們交給唐猛。」

他淡淡的接著道：「唐猛對付女人的法子，我保證你們連做夢都想不到。」

一想到唐猛那雙淫猥的眼睛和一雙髒手，千千就想吐。

唐猛又吃吃的笑了：「我也喜歡你，尤其喜歡你的腿，你的腿又長又結實。」

他撿起一根木柴，輕輕一擰，乾燥堅固的木柴就立刻散裂扭曲。「如果你敢玩一點花樣，你的腿就會變成這樣子。」

千千也不能不承認，這個人手上的力量實在很嚇人。

但是唐力卻一定比他更可怕，女孩子落入這麼樣兩個人手裡，簡直還不如死了的好。

唐力道：「我希望你們也不要想先死，因爲我保證你們一定連死都死不了的。」

千千咬著牙，說道：「你到底想怎麼樣？」

唐力道：「我只要你們乖乖的跟著我們，等我們找到趙無忌，我就把你們交給曲朋友，那時不管你們想幹什麼，都跟我們沒關係了。」

千千道：「他能找得到無忌？」

唐力道：「他答應過我們，三天之內，一定替我們找到趙無忌。」

他又用那雙毒蛇般的眼睛瞪著曲平：「你是不是這樣說的？」

曲平道：「是。」

唐力道：「我希望你說得到就能夠做到。」

曲平道：「我一定做到。」

唐猛又吃吃的笑道：「如果你做不到，不但你的身體會忽然變得非常糟糕，這兩個女娃兒的身體，也會變得很難看的。」他特別強調「身體」兩個字，對別人的身體，他一向很感興趣。

千千只覺得全身都起了雞皮疙瘩，就好像全身都爬滿了螞蟻。她也希望他們能找無忌，她相信無忌一定有法子對付這些人的，她對無忌一向有信心。唐力瞪著她，道：「現在我是不是已經把每件事都說得很明白了？」

千千只有點頭。

唐力道：「那就好極了。」

他又問曲平：「趙無忌是不是真的躲在九華山上面？」

曲平道：「是。」

唐力道：「我們明天一早就上山，今天晚上就歇在這裡。」

他轉向鳳娘：「你到廚房去弄點東西給我們吃，看你的樣子，我就知道你會燒一手好菜。」

千千搶著道：「我陪她去。」

唐力道：「你不能去！」

千千道：「爲什麼？」

唐力道：「因爲你生病了。」這句話說完，他已閃電般出手，點了千千的穴道。他的出手快而狠，千千的武功在他面前，簡直就像是個孩子。

唐力臉上露出滿意之色，道：「現在我只想舒舒服服吃一頓，再喝一點酒。」

唐猛吃吃的笑道：「這主意好極了。」

非人間

一

鳳娘縮在屋角裡，整個人縮成了一團，只覺得疲倦、傷心，而且絕望。

他們並沒有綁住她，也沒有點住她的穴道，他們根本不怕她逃走。

那個淫猥而變態的豬，甚至還說不定在希望她逃走。

她已在心裡發了誓，絕不逃，絕不做任何一樣會激怒他們的事。

她只希望千千也能和她一樣明白，在這種情況下，她們只有逆來順受。

可是，以後怎麼樣呢？她們要忍受多久？

她連想都不敢想。

屋子裡的兩個座位已經被唐力和唐猛佔據了，喝過酒之後他們就像豬一樣睡著。

就連曲平都被他們點了穴道。

他們用一根繩子，把他和千千綁在一起。

唐猛吃吃的笑道：「只要你有本事能動，隨便怎麼動都沒有關係。」

曲平不能動。

唐猛又笑道：「看得到吃不到，這滋味一定不太好受。」

他很得意，這本來就是他的主意，他堅持要把曲平的穴道也點住。

現在還沒有找到趙無忌，我們爲什麼要提早讓他先佔便宜？

曲平居然還微笑道：「沒關係，我不急。」

千千不敢張開眼睛。

她只要一睜眼，就會看到曲平那張無恥的僞君子的臉。

曲平的臉距離她的臉還不到半尺。

不管千千怎麼用力掙扎，他們兩個人的身子還是緊緊貼在一起。

她恨不得親手活活的扼死他，她從未見過如此卑鄙無恥的男人。

可是一種男人身上獨特的熱力和氣味，又使得她的心裡莫名其妙的覺得很亂。

她只希望能把這一夜趕快熬過去，明天又怎麼樣呢？

她也不敢想。

極度的疲倦和悲傷，終於使鳳娘昏昏迷迷的睡著了。

可是她忽又驚醒，全身立刻僵硬。

一隻粗糙的大手，正在她大腿上滑動，沿著她腰肢滑上去，笨拙的解她衣鈕。

她想叫，想吐。

她吐不出，又不敢叫，她知道如果激怒了這條豬，後果只有更糟。

可是，這隻手的活動，已愈來愈不能忍受。

平生第一次，她想到死，只可惜她連死都死不了。

衣鈕已被解開。

粗糙的手掌，已接觸到她的細嫩皮膚，一陣帶著酒臭的呼吸，慢慢移近她的脖子。

她已無法再控制自己，全身忽然開始不停的發抖。

這種顫抖更激起了這男人的情慾，他的手更瘋狂，更用力……

忽然間，手被拉開，人被拉起。

唐猛在怒吼：「這個女娃又不是那個龜兒子的，老子爲什麼不能動？」

唐力的聲音冰冷：「滾回床上去，好好睡覺，否則我就打斷你的這雙髒手！」

唐猛居然不敢反抗。

鳳娘用力咬著嘴唇，已咬出了血，現在全身忽然放鬆，終於忍不住放聲大哭起來。

那雙毒蛇般的眼睛，正在黑暗中盯著她，居然伸出手來替她擦眼淚。

對這個男人，她也不知道是感激？是憎惡？還是害怕？

她怕他得寸進尺，更進一步。

幸好唐力的手輕輕一摸她的臉後，就立刻站起來走了。

她彷似聽見他在輕輕嘆息。

第二天一早，鳳娘就起來煮了一大鍋粥，先滿滿盛了一碗給唐力。

這次唐力居然避開了她的目光，連看都不看她一眼，只冷冷的說：「吃過了粥，我們就上山了。」

二

九華四十八峰並峙，如九朵蓮花。

四十八峰中，天台最高，入山第一站爲「霞天門」，過此之後，山路更險。

他們經「湧泉亭」、「定心石」、「半霄亭」；過大小仙橋；再過「望江樓」、「梅檀林」、「經八十四梯凌紫霞」；看到了地藏菩薩的肉身塔殿。

他們對菩薩並不感興趣。

他們終於登上天台峰，只見流水行雲，萬山疊翠，巨石嶙峋，聳削壁立，黑石蒼苔，錯疊成趣，石縫間透出青松，也不知是人工所栽？還是天工？

要登上天台絕壁，還得穿過層雲霧。

鳳娘的腳已經走破了，頭髮已亂了，衣裳已被汗水沾透。

陰壑裡的疾風，像是利箭一樣吹來，吹在她身上，她全身都在發抖。

可是她既沒有埋怨，也沒有叫苦。

唐力看著她，忽然道：「我們一定要到絕頂上去。」

鳳娘道：「我知道。」

唐力道：「你一定上不去。」

鳳娘垂下頭，道：「我……我可以試試。」

唐力道：「用不著試。」
千千道：「我揹她上去。」
唐力道：「不行。」
千千道：「爲什麼不行？」
唐力道：「因爲我說過，你們連死都死不了。」
在這種地方，不管從哪裡跳下去，都必死無疑。
千千道：「難道你要把她留下來？」
唐力道：「她可另外找人揹上去。」
千千道：「找誰？」
唐力道：「除了你之外，隨便她找誰都行。」
唐猛搶著道：「我來。」
唐力冷笑，不理他，卻去問鳳娘：「你要誰揹你上去？」
鳳娘想也不想：「你。」

雲霧淒迷，幾尺外就看不見人影。
鳳娘伏在唐力背上，忽然問道：「你知不知道我爲什麼找你？」
唐力道：「不知道。」
鳳娘道：「因爲我知道你並不是太壞的人。」

唐力道：「我是。」

鳳娘道：「那你爲什麼要救我！」

唐力沉默，過了很久，才問道：「你真的想知道？」

鳳娘道：「真的。」

唐力的聲音冰冷：「我救你，只因爲我已經被人閹割，根本不能碰你，所以我也不想讓別的男人碰你。」

鳳娘怔住。

她做夢也想不到一個男人會把這種事說出來。

唐力冷冷道：「如果我還行，現在你已經被我強姦過十次。」

鳳娘不知道別的女人聽見這種話會有什麼樣的反應。

她心裡只有種誰都無法瞭解的憐憫和同情，這原本是人類最高貴的感情。

她正不知道應該說什麼話來安慰他，眼前已豁然開朗。

他們終於登上了天台峰的絕頂。

一片平岩，一片叢林，一片巨石屹立，一片危崖上刻著三個大字。

「非人間。」

這裡是人間？還是天上？

是天上？還是鬼域？

不管這裡是什麼地方，都絕不是人間，因爲極目蒼茫，都看不見人影。

唐力已放下鳳娘，用那雙毒蛇般的眼睛盯著曲平：「再上去還有沒有路？」

曲平道：「沒有了。」

唐力道：「你是不是帶我們來找趙無忌的？」

曲平道：「是。」

唐力道：「趙無忌在哪裡？」

曲平指著那片「非人間」的危崖，道：「就在那裡。」

危崖那邊卻看不見人，這裡本不是人間。

曲平道：「那後面還有個秘密的洞穴，趙無忌就躲在那裡。」

唐力道：「他爲什麼要躲到這種地方來？」

曲平道：「因爲他害怕。」

唐力道：「怕什麼？」

曲平道：「他知道只要他還活著，就一定要報父仇，否則，任何人都會看不起他。」

在江湖中，不共戴天的仇恨，是一個爲人子者不能不報復的。

曲平道：「他也知道他自己絕不是他仇人上官刃的敵手。」

唐力道：「所以他怕去報仇？怕找到上官刃？」

曲平道：「他怕得要命。」

唐力道：「所以他才躲到這裡？」

曲平冷冷道：「人間已經沒有他立足之地！」

唐力道：「我希望你說的是真話。」

曲平道：「不管是真是假，都馬上就會揭穿，我爲什麼要說謊？」

唐力道：「好，你帶我們去。」

曲平道：「我不能去。」

唐力道：「爲什麼？」

曲平道：「我出賣了他，他只要一看見我，就一定先殺了我。」

他苦笑又道：「趙無忌的武功雖然並不高明，要殺我卻不難，那時你們當然也不會救我。」

唐力冷笑道：「難道你認爲我不能殺你？」

曲平道：「反正你們只要一轉過那片崖石，就可知道我說的話是真是假，如果他不在那裡，你們再回來殺我也不遲。」

唐力盯著他，慢慢的伸出兩根手指，去點他腰下的軟穴。

曲平完全沒有閃避。

唐力的手忽然旋螺般一轉，已點在千千的玄機穴上。

他用的手法並不重，但是非常準。

千千立刻軟癱。

曲平也已倒下，因爲唐力的手又一轉，也同樣點了他的玄機穴。

唐力冷冷道：「你應該知道，唐家不但有獨門暗器，也有獨門的點穴手法。」

曲平知道。

唐家的獨門點穴，也和唐家的獨門暗器一樣，除了唐家子弟外，無人可解。

唐力道：「所以如果我不回來，你們也只有在這裡等死。」

等死比死更慘。

鳳娘忽然道：「如果你找到無忌，能不能讓我們見他一面？」

這句話她已想說很久，她沒有說，只因爲她一直不知道說出來會有什麼樣的後果。

唐力凝視著她，那雙毒蛇般的眼睛裡，表情忽然變得很奇怪。

鳳娘垂下頭，悽然道：「我也不知道你們的仇恨會怎麼樣了結，我只想再見他一面。」

唐力冷冷道：「只要能再見他一面，你死也心甘情願？」

鳳娘用力咬著嘴唇，慢慢的點點頭。

唐力眼睛裡的表情更奇怪，也不知是仇恨？是悲傷？還是嫉妒？

千千看著他倆，眼睛裡的表情也很奇怪。

她也在等著唐力的答覆。

可是唐力什麼話都沒有說，用力繫緊了腰畔的革囊，戴上了鹿皮手套，臉色陰沉得就像是高山上的冷霧。

然後他就走了，連看都沒有再看鳳娘一眼。

唐猛卻忽然回過頭，道：「好，我答應你，一定讓你再見他一面。」

他輕拍腰畔的革囊，吃吃的笑道：「只不過，那時他是死是活，我就不能擔保了。」

天色漸暗。

鳳娘孤零零的站在西風裡，癡癡的看著危崖上「非人間」那三個大字。

雖然是七月，山上的風卻冷如刀刮。

唐家兄弟已轉過危崖，他們是不是能找到無忌？

找到了之後又如何？

她雖然不會武功，可是她也知道唐家獨門暗器的可怕。

唐力臨走時的表情更可怕，何況還有這個殘酷變態的瘋子。

他們絕不會放過無忌的，等到再見無忌時，只怕已不在人間了。

鳳娘慢慢的轉過身，看著曲平，黯然道：「大風堂待你並不薄，你爲什麼要做這種事？」

曲平不開口。

千千冷笑道：「他根本就不是人，你何必跟他說人話？」

鳳娘垂下頭，已淚流滿面。

千千看著她，眼睛裡又露出剛才那種奇怪的表情，忽然道：「你真的是在替無忌擔心？」

鳳娘轉過臉，吃驚的看著她，顫聲道：「難道我還會替別人擔心？」

千千道：「我並沒有別的意思，只不過……」

鳳娘不讓她說下去，道：「你應該知道，如果無忌死了，我也絕不會活下去。」

千千輕輕嘆了口氣，道：「如果無忌死了，還有誰能活得下去？」

她又盯著鳳娘看了很久：「不管怎麼樣，你都是我的嫂子！」

鳳娘道：「我活著是趙家的人，死了也是趙家的鬼。」

千千道：「那麼，我想求你一件事。」

鳳娘道：「什麼事？」

千千道：「我靴子裡有把刀，你拿出來。」

她靴子裡果然有把刀，七寸長的刀鋒，薄而鋒利。

鳳娘拔出了這把刀。

千千狠狠的瞪著曲平，道：「我要你替我殺了這個卑鄙無恥的小人。」

鳳娘又吃了一驚，失聲道：「你……你要我殺人？」

千千道：「我知道你沒有殺過人，可是殺人並不難，你只要把這把刀往他心口上刺下去，只要一刀就夠了。」

鳳娘的臉已嚇得慘白，握刀的手已經在發抖。

千千道：「如果你還是我的嫂子，就應該替我殺了他。」

鳳娘道：「可是……可是他們萬一回來了……」

千千道：「如果他們回來，你就連我也一起殺了，我寧死也不能讓這個無恥的小人碰到我。」

鳳娘不再流淚，卻在流汗，冷汗。

千千連眼睛都紅了，嘶聲道：「你爲什麼還不動手？難道你一定要讓我被他們欺負？」

鳳娘終於咬咬牙，一步步往曲平走了過去，用手裡的刀，對準了他的心口。

她忽然覺得很奇怪。

這個卑鄙無恥的小人，本來應該很怕死的，可是現在他臉上卻沒有一點恐懼之色，反而顯得很坦然。

只有問心無愧的人，才會有這種坦然的表情。

鳳娘忍不住問道：「你還有什麼話要說？」

曲平終於開口：「只有一句話。」

鳳娘道：「你說。」

曲平道：「你定要想法子生堆火。」

鳳娘奇：「爲什麼要生火？」

曲平道：「唐家的獨門點穴手法，沒有人能解，可是不管多惡毒的點穴手法，最多也只能維持一個對時，只要生堆火，你們就可以熬過去了。」

千千又在喊：「你爲什麼還不動手？爲什麼要聽他的廢話？難道你看不出他這是在故意拖時間。」

這次鳳娘卻沒有理她，又問曲平：「難道他們不會回來了？」

曲平笑了笑，笑得彷彿很愉快：「他們絕不會再活著回來了。」

就在他說這句話的時候，唐猛已經回來了！

三

夕陽殘照，晚霞滿天。

唐猛已攀過那片危崖，一步步向前走，夕陽正照在他臉上。

他臉上的表情奇特而詭異，彷彿愉快之極，又彷彿恐懼之極。

千千大喊：「現在你還不動手，就來不及了。」

鳳娘咬牙，一刀刺下。

就在她刀鋒刺入曲平心口時，唐猛已撲面倒了下去。

就像是一根死木頭般倒了下去。

鳳娘怔住。

千千也怔住。

曲平卻在笑，鮮血已經開始從他的心口上往外流，他笑得居然還是很愉快。

就在這裡，危崖後又飛出條人影，凌空翻身，向他們撲了過去。

在夕陽最後一抹餘光中，正好能看到他的臉，和那雙毒蛇般的眼睛。

他眼睛裡彷彿充滿了怨毒和悔恨。

鳳娘驚呼，放鬆了手裡的刀，往後退，唐力整個人卻已撲在曲平身上。

曲平卻笑得更愉快。

唐力喘息著，狠狠的盯著他，嘶聲道：「你好，你很好，想不到連我都上了你的當。」

他忽然看見曲平心口上的刀，立刻拔出來，獰笑道：「可惜你還是要死在我手裡。」

曲平微笑道：「幸好我死而無憾。」

唐力手裡的刀已準備刺下去，忽然回頭看了鳳娘一眼，臉上忽然又露出那種奇怪的表情。

就在這一瞬間，他臉上的表情忽然僵硬。

然後他的頭就垂了下去。

他們回來了，卻不是活著回來的。

四

曲平臉色慘白，鮮血已染紅了他胸前的衣裳。

鳳娘那一刀刺得並不太輕，只要再往前刺半寸，曲平現在也已是個死人。

想到這一點，鳳娘的冷汗還沒有乾，又已開始流淚。

因為她已想到，她剛才要殺的這個人，很可能就是她們的救命恩人。

但她卻還是想不通這究竟是怎麼回事，她一定要曲平說出來。

曲平道：「唐力雖然不是唐家的嫡孫，武功是唐二先生的親傳——」

據說蜀中唐家的內部，一共分成十大部門，其中包括毒藥的配方和提煉、暗器的圖樣和製造、解藥的製作和保管；以及警衛防護、訓練子弟、分配工作、巡邏出擊。

這十大部門分別由唐家嫡系中的十位長老掌管，唐二先生就是這十位長老之一。

沒有人知道他掌管的究竟是哪一個部門，只知道他冷酷驕傲，武功極高。

在唐門十大長老中，他出來行走江湖的次數最多，所以名氣也最大。

江湖中人只要看見一個身穿藍布袍，頭纏白布巾，嘴裡總是銜著根旱煙袋的老頭子，不管他是不是唐二先生，都會遠遠的躲開。

不管是有意還是無意，只要是得罪了唐二先生的人，就絕不會再有一天好日子過。

曲平道：「唐二先生獨身到老，收的徒弟也不多，這個唐力不但爲唐家出了不少力，而且吃了不少苦，才能得到他的傳授。」

鳳娘心裡在嘆息，她知道唐力吃的是什麼苦。

對一個男人來說，世上還有什麼痛苦比被人閹割更不能忍受？

她的心一向很軟，對於別人受到的傷害和痛苦，她也會同樣覺得很難受。

曲平道：「我知道我們絕不是他們的對手，我……」

他垂下頭，黯然道：「我的出身平凡，又沒有得到過名師的傳授，這幾年來，我的雜務又太多，我連他三招都接不下來。」

鳳娘立刻又覺得對他很同情，柔聲道：「一個人武功好不好並不是最重要的，我們畢竟不是野獸，並不一定處處都要依靠暴力。」

曲平勉強笑了笑，目中充滿感激，道：「我也看得出唐猛是個瘋子，絕不能讓你們落在他手裡，所以我只有想法子帶他們到這裡來。」

鳳娘道：「你知道他們一到了這裡，就非死不可？」

曲平道：「上次我來找趙公子的時候，曾經親眼看見三個武功遠比他們還高的人，死在那片危崖下，我正想過去看他們的死因，就聽見有人警告我，那裡是禁地，妄入者死！」

他說得很簡略，其實那天發生的事，直到現在他想起來還覺得心有餘悸。

他知道的也遠比說出來的多。

那天死在危崖下的三個人，都是成名已久，而且還歸隱多年的劍客。

他們到這裡來，是爲了尋仇。

他們的仇家是個在傳說中已死了很久的人，可是以曲平的推測，這個人現在一定還活著，就隱居在這片「非人間」的危崖後。

這個人的劍法，在三十年前就已縱橫天下，現在想必更出神入化。

他既然不願讓別人知道他還活著，曲平爲什麼要洩露他的秘密？

洩人的隱私，本來就是件很不道德的事。

曲平已發誓絕不將這秘密說出來。

鳳娘也沒有再問，只輕輕的嘆了口氣道：「我知道你剛才心裡一定很難受。」

曲平道：「爲什麼難受？」

鳳娘道：「因爲我們不但錯怪了你，而且還要殺你。」

她握住了曲平的手：「我也知道你剛才爲什麼不解釋，因爲那時你就算說出來，我們也不會相信。」

千千忽然冷笑，道：「你怎麼知道他現在說的就是真話？」

鳳娘轉過頭，看著她，柔聲道：「我不怪你，因爲我知道你心裡也跟我一樣覺得對他很抱歉，也跟我一樣難受，所以才會說出這種話。」

千千閉上了嘴，連眼睛都閉上。

夕陽已消逝，黑夜已漸漸籠罩大地，風更冷了。

曲平道：「現在你一定要想法子生堆火。」

鳳娘彷彿在沉思，沒有開口。

曲平道：「唐力的身上，說不定帶著火種。」

鳳娘好像根本沒聽見他在說什麼，忽然站起來，道：「我要去看看，一定要去看看。」

曲平道：「到哪裡看看？看什麼？」

鳳娘遙望著那一片在黑暗中看來宛如洪荒怪獸般的危崖，道：「那裡既然有人，無忌說不定也在那裡。」

她嘴裡說著話，人已走了過去。

曲平失聲道：「那裡是禁地，你絕不能去！」

鳳娘根本不理他。

看著她一步步朝那片「非人間」的危崖走過去，曲平的冷汗又濕透衣裳。

千千也急了，忍不住道：「那裡真的是禁地，任何人進去都會死？」

曲平道：「嗯。」

千千道：「她是個女孩子，又不會武功，那裡的人難道也會殺她？」

曲平道：「那裡是非人間，怎麼會有人？」

千千道：「既然那裡沒有人，她怎麼會死？」

曲平道：「一個人到了非人間，又怎麼能不死？……」

有鬼

一

暗夜，荒山，非人間。

鳳娘一步步走入黑暗中，終於完全被黑暗吞沒。

曲平臉上雖然全無表情，眼睛裡卻有了淚光，就好像眼看著一個人掉下深不見底的萬丈絕壑中，卻偏偏沒法子去拉他一把。

千千忽然問道：「你是不是在替她難受？」

曲平道：「嗯。」

千千道：「如果到那裡去的是我，就一定不會有人覺得難受了，因爲我只不過是個不知好歹、蠻橫無理的女人，死活都不會有人放在心上。」

曲平不說話。

千千道：「但是她卻又溫柔，又漂亮，男人只要一看見她，就會喜歡她。」

她又在冷笑：「就連那個姓唐的都喜歡她，我看得出。」

曲平終於忍不住道：「別人喜歡她，只因爲她心地善良，不管她長得多美或難看都一樣！」

千千道：「對，她心地善良，我卻心腸惡毒，又不會拉住人家的手，故意作出溫柔體貼的樣子，我……我……」

她的聲音哽咽，眼淚已流下面頰。

其實她心裡何嘗不知道自己不應該說這種話的，她心裡又何嘗不難受？

她正在爲自己這種莫名其妙的嫉妒悲傷時，忽然看見一個影子向她飛了過來。

一條淡淡的白色影子，彷彿是個人，一個很小的人。

如果這真是個人的影子，這個人一定是個小孩。

小孩怎麼會飛？怎麼會有這麼快的速度？

她正在驚奇，忽然覺得腰下麻了一麻，一陣黑暗蒙住了她的眼。

她立刻覺得自己好像有十年沒有睡過覺一樣，彷彿要睡著了。

她真的睡著了。

二

窗外陽光燦爛。

燦爛的陽光從窗外照進來，照在一張光亮如鏡的桌子上。

屋子裡每樣東西都跟這桌子一樣，光亮潔淨，一塵不染。

千千醒來時，就在這屋子裡。

她明明是在一個黑暗、寒冷的荒山絕頂上，怎麼會到了這裡？

難道這是個夢？

這不是夢，她的確已醒了，完全清醒，她也看見了曲平。

曲平本來是在看著她的，等到她看到他時，就避開了她的眼睛，去看窗台上一盆小小的花。

黃花已盛開。

鳳娘那間總是收拾得一塵不染的屋子裡，窗台上也有這麼樣一盆花。

這不是鳳娘的屋子。

「鳳娘呢？」

曲平沒有回答，眼睛裡卻帶著任何人都可以看得出的悲傷。

——我們怎麼會到這裡來的？這裡是什麼地方？

千千沒有問，這些事都已不重要。

她並沒有忘記曲平說的話，也沒有忘記唐猛臨死前的表情。

她一定要去找鳳娘，不管那地方是不是人間都一樣。

但是她還沒有去，鳳娘就已經來了。

「我剛走過那片危崖，就看見一個小小的白影子朝我飛了過來，只聽見一個人對我說：『你要找的人不在這裡』，然後我就好像忽然睡著了。」

「你醒來時就已到了這裡？」千千問道。

鳳娘點點頭，眼睛裡充滿迷惘：「這裡是什麼地方？」

誰也不知道這裡是什麼地方。

不管這裡是什麼地方，都可以算是個好地方。

窗外是個小小的院子，燦爛的陽光正照在盛開的花朵上。

花叢外竹籬疏落，柴扉半掩，假山下的魚池裡養著十幾條活活潑潑的鯉魚，簷下鳥籠裡的畫眉正在吱吱喳喳的歌唱。

六間屋子三明三暗，佈置得簡樸而清雅，有書房，有飯廳，還有三間臥室，連床上的被褥都是嶄新的。

廚房後的小屋裡堆滿了柴米，木架上掛滿了香腸、臘肉、鹹魚、風雞。

後面還有個菜園，青椒、豆角和一根根比小孩手臂還粗的大蘿蔔。

看來這裡無疑是戶很富足的山居人家，主人無疑是個退隱林下的風雅之士。

日常生活中所需要的東西，只要你能想得到的，這裡樣樣俱全，一件不缺。

可是這裡偏偏沒有人。「主人也許出去了。」可是他們等了很久，還是沒看見主人的影子。

千千道：「住在非人間裡面的，究竟是些什麼人？」

曲平說的還是那句話：「既然是非人間，怎麼會有人？」

現在連曲平自己都知道別人一定能看得出他在隱藏著什麼秘密。

他已下了決心，不管怎麼樣，都絕不把這個秘密說出來。

因爲無論誰知道了這秘密都絕對不會有好處。

千千道：「他們是人也好，是鬼也好，既然是他們把我們送到這裡來的，我們就可以在這裡住下去。」

曲平道：「我們爲什麼要在這裡住下去？」

鳳娘道：「因爲無忌雖然不在非人間，卻一定還在這九華山裡，我們只要有耐心，遲早總能聽到他的消息！」

她一向很少發表意見，她的意見一向很少有人能反對。

曲平雖然很不想留在這裡，也只有閉上了嘴。

臥房有三間，他們每個人都可以單獨擁有一間，這地方簡直就像是特地爲他們準備的。

千千顯得像孩子般高興，她本來一直擔心在山上找不到地方住，想不到卻忽然憑空出現個這麼樣的地方。

這實在是件很好玩的事，簡直就好像孩子們在玩「家家酒」。

就連鳳娘都似已將心事拋開，道：「從今天起，燒菜煮飯是我的事。」

千千道：「我洗衣服洗碗。」

曲平也只有打起精神，道：「我去劈柴挑水。」

屋子左面的山坡後，就有道清泉，山坡上桃李盛開，已結了果實，李子微酸，桃子甜而多汁，正都是女孩子們的恩物。

一個人生活中所需要的一切，這裡幾乎都已經有了，只不過少了一樣而已。

這裡居然沒有燈。

非但沒有燈，連蠟燭、燈籠、火把、燈草、火刀、火鐮、火石——任何一樣可以取火照明的東西都沒有。

這裡原來的主人若不是睡得很早，就是晚上從不回來。

幸好灶裡居然還留著火種，曲平燃著，鳳娘蒸了些風雞、臘肉，炒了一大盤新摘下的豆角，煮了一大鍋白米飯。

千千用小碟子盛滿油，將棉花搓成燈蕊，就算是燈了。

她得意的笑道：「這樣我們至少總不會把飯吃到鼻子裡去。」

鳳娘道：「外面的風景這麼美，如果我們能夠有幾盞那種用水晶做罩子的銅燈那就更美了。」

她一向是個很愛美的人。總覺得在這依山面水，滿園鮮花的小屋裡，能燃起這麼樣一盞燈，是件很有詩意的事。

可是她也知道在這種地方，是絕不會有這種燈的。

所以他們很早就睡了，準備第二天一早就去打聽無忌的消息。

晚上鳳娘在那個用碟子做成的小油燈下，寫她那從無一日間斷的日記時心裡還在想著這種燈。

第二天她起得最早。

她一推開門，就看見了十盞這麼樣的燈，整整齊齊的擺在門口，一個個用水晶雕成的燈罩，在旭日下閃閃的發著光。

「這些燈是誰送來的？」

「他怎麼知道你想要這樣的燈？」

鳳娘沒法子回答。她看著這些燈，癡癡的發了半天呆，苦笑道：「其實我根本不想要這麼多，只要每間屋子有一盞就夠了，多了反而麻煩。」

然後他們就出門去尋找無忌，等他們回來的時候，十盞燈果然已只剩下五盞。

每個人都怔住，只覺得彷彿有股冷氣從腳底直冒上來。

──是不是一直都有個人躲在這屋子裡，偷聽他們說的話？

他們嘴裡雖然沒說，心裡卻都在這麼想。於是他們立刻開始找，把每個角落都找遍了，甚至連床底下、箱子裡、屋樑上、灶洞下都找過，也看不到半個人影子。

千千手腳冰冷，忽然道：「你們知不知道我想要什麼？」

鳳娘道：「你想要什麼？」

千千道：「我想要個泥娃娃。」

她又問鳳娘：「你呢？今天你想要什麼？」

鳳娘道：「泥娃娃容易摔破，我想要個布娃娃。」

曲平道：「布做的也容易破，用木頭雕成的豈非更好？」

千千說道：「你是不是想要個木頭娃娃？」

曲平道：「我想要兩個。」

這天晚上，他們睡覺之前，又將自己屋子裡每個地方都找了一遍，確定了絕沒有人躲著後，才鎖好門窗，上床睡覺。

他們睡得都不好。

第二天早上，他們推開門，門外既沒有泥娃娃，也沒有木頭娃娃。

門外只有一個布娃娃，好大好大的一個。

千千瞪著鳳娘。

鳳娘雖然也怔住了，卻知道她心裡在想什麼。

——別人無論要什麼，這個人都不重視，只有鳳娘開口，他才會送來。

——難道他是鳳娘的「朋友」？

——他究竟是個什麼樣的「朋友」？爲什麼不敢露面？

這件事鳳娘自己也沒有法子解釋，因爲她自己也想不通。

她在這裡連一個認得的人都沒有。

千千眼珠子轉了轉，忽然道：「你做的菜我已經吃膩了，我想換換口味。」

鳳娘道：「你想吃什麼？」

千千道：「我想吃逸華齋的醬肘子和醬牛肉，還有狗不理的肉包子。」

這些都是京城裡的名點。

逸華齋在西城，醬肉用的一鍋老滷，據說已有兩三百年沒熄過火，他們賣出來的醬肉，只要一吃進嘴，就可以辨出滋味不同。

狗不理在陝西巷，包子做得也絕不是別家能比得上的。

京城距離這裡遠在千里之外，就算是飛鳥，也沒法子在半天之間飛個來回。

鳳娘知道千千這是故意在出難題，立刻道：「好極了，今天晚上我就想吃。」

千千還不放心：「你想吃什麼？」

鳳娘一字字道：「我想吃北京逸華齋的醬肘子和醬牛肉，還有狗不理的肉包子。」

他們又出去找了一整天，心裡卻在想著醬肉和肉包子。

那個人就算有天大的本事，也沒法子趕到京城去把這些東西買回來的。

千千心裡在冷笑：「我倒要看你以後還有沒有臉再玩這種把戲？」

還沒有日落，他們就匆匆趕了回去。

桌子上果然擺著一大盤醬肘子、一大盤醬牛肉；二十個包子還在冒著熱氣。

這還不稀奇。

稀奇的是：醬肉果然是逸華齋的風味，一吃就可以吃出來是用那一鍋陳年老滷鹵出來的，別的可以假，這一點卻絕對假不了。

曲平也喜歡吃這種醬肉，可是現在吃在嘴裡，卻不知是什麼滋味。

千千又在盯著鳳娘冷笑道：「看來你這個朋友的本事倒不小。」

鳳娘不怪她。

這件事實在太奇怪，本來就難免要讓人懷疑的。

千千道：「你這位朋友是誰？既然來了，爲什麼不來跟我們一起吃頓飯？」

她故意作出笑得很愉快的樣子，說道：「不管怎麼樣，這些東西都是他老遠買來的……」

曲平忽然問道：「多遠？」

千千道：「很遠。」

曲平道：「你能不能在半天工夫裡，趕到這麼遠的地方去買這些東西回來？」

千千道：「我不能。」

曲平道：「你想不想得出天下有什麼人能在這半天工夫裡，趕到京城去把這些東西買回來？」

千千道：「我想不出。」

曲平道：「我也想不出，因爲世上根本就沒有人能做得出這種事。」

千千道：「可是現在這些東西明明擺在桌子上。」

曲平嘆了口氣，道：「我只不過說沒有『人』能做得出這種事。」
他特別強調這個「人」字。
千千忽然又覺得腳底心在發冷：「難道你是說這地方有鬼？」

鬼屋主人

一

鬼能夠聽得見你說話，不管你說得聲音多麼小，鬼都能聽得見，你卻聽不見鬼說話。
鬼能夠看見你，你的一舉一動，鬼都能看得見，就算在黑暗中也能看得見，你卻看不見鬼，就算鬼在你旁邊，你也一樣看不見。
鬼不用點燈。這屋子裡什麼都有，就是沒有燈。
鬼可以在瞬息間來去千里，你卻要騎著快馬奔馳三天三夜才能跑一個來回。
鳳娘的「朋友」難道不是人？是鬼？這屋子難道是間鬼屋？
夜，繁星。清澈的泉水在星光下看來就像是根純銀的帶子。
鳳娘沿著流泉慢慢的向前走。她睡不著，她心裡很悶，不但悶，而且害怕，怕得要命。
她並不是怕鬼。如果那真是個鬼，既然對她這麼好，她也用不著害怕的。

她從小就不怕鬼，她覺得有些人還比鬼更可怕。
不管是人是鬼，只要真心對她好，她都會同樣感激。
她害怕，只因爲她忽然想到了無忌。
雖然這世上真的有鬼魂，也只有無忌的鬼魂才會對她這麼好。
難道無忌已死了？難道這個鬼就是無忌！
她不敢再想下去，也不敢在千千面前提起，她發覺她們之間已有了距離。
這也許只因爲她們本來就不是親密的朋友，她們之間的關係，只因爲無忌才能聯繫。
千千本不瞭解她，也不信任她，人們如果不能互相瞭解，又怎麼互相信任？

泉水的盡頭，是個小小的水池。四面長滿了巨大的針樅樹和一些不知名的野花。滿天星光。
她忍不住蹲下去，用手捧起了一掬水，池水還帶著白天陽光的溫度，又清涼，又溫柔。
在她家鄉的山坡後，也有這麼樣一個水池。
她小的時候常常在半夜裡偷偷的溜到那裡去游水。
她本來是個很頑皮的孩子，只不過一直在盡量約束自己。
現在她無意間想起了那歡樂的童年，那一段無拘無束，自由自在的日子。
她忍不住在心裡問自己：「如果時光能倒流，我會不會再做一個像現在這麼樣的人？」
她心裡忽然有了種秘密的衝動。

一個人如果能暫時抛開一切，再重溫童年時歡樂的舊夢，這種想法無論對誰來說，都是種不可抗拒的誘惑。

她的心在跳，愈跳愈快。

她實在已被約束得太久，也應該偶爾放鬆一下自己了。

夜深人靜，荒山寂寂，池水又是那麼清涼，那麼溫柔。

她忍不住伸出一隻微微顫抖的手，解開了一粒衣鈕……

也許就因爲童年那一段頑皮的生活，她發育得一向很好。

她的腿修長筆挺，乳房飽滿結實，只不過因爲很久沒有曬過太陽，所以看起來顯得有點蒼白柔弱，卻更襯出了她女性的柔媚。這正是一個少女最值得驕傲珍惜的，她從未讓任何人侵犯過，甚至連她自己都很少去看。

她自己看了也會心跳。

她很快就滑入水裡，讓清涼的池水和童年的夢境將她擁抱。

就在這時候，她看到了一雙眼睛。

一雙發亮的眼睛，隱藏在茂密的野花和草木間，瞬也不瞬的盯著她，眼睛裡充滿了驚奇、喜悅和一種淫猥的讚賞。

她立刻覺得全身都已冰冷僵硬，用雙手掩住了自己，沉入了水中。

等她再伸出頭來呼吸時，這雙眼睛還在盯著她，而且在吃吃的笑。

她沒有叫。

她不敢把千千和曲平叫來，她只恨自己，爲什麼這樣不小心。

其實她已經很小心的四面看過，在這靜夜荒山，本不該有人來的。

這人忽然笑道：「你想不到這裡會有人吧？」

鳳娘閉著嘴。

她實在不知道應該怎麼說，她只希望這人是個君子，能趕快走。

這個人卻顯然不是君子，非但連一點要走的意思都沒有，反而從草叢中站了起來。

他是個很健壯的年輕人，穿著身淺黃色的緊身衣，看來矯健而有力。

鳳娘的心沉了下去。

這種年輕人本來就精力充沛，無處發洩，怎麼經得起誘惑？

看到她臉上的驚駭與恐懼，這人笑得更愉快：「我也想不到，我居然會有這麼好的運氣。」

幸好水很暗，他看不見躲在水面下的部分，可是他也在解自己的衣服。

難道他也要跳下來？

他還沒有跳下來，鳳娘的心已經快跳出來了，失聲道：「不可以。」

這人故意眨了眨眼，道：「不可以怎麼樣？」

鳳娘道：「你……你不可以下來。」

這人笑道：「這水池又不是你家的，我爲什麼不可以下去玩玩？」

他並不急著下水，就像是一隻貓已經把老鼠抓住了，並不急著吞下去。

他還想逗逗她。

鳳娘已經忍不住要叫起來了。

這人笑道：「你叫吧，你就算叫破喉嚨，也不會有人來的，這種地方只有鬼，沒有人。」

他是想嚇嚇她，想不到卻提醒了她。

她忽然想到了那個有求必應的鬼魂，立刻大聲道：「你知道我現在想要什麼？」

這人道：「是不是想要我？」

鳳娘咬了咬牙，道：「我只想要你變成瞎子。」

這句話剛說完，黑暗中忽然有寒光一閃，就像是閃電下擊。

這人一雙發亮的眼睛，立刻變成了兩個血洞。

他好像還不知道這是怎麼回事，愣了一愣後，臉上才露出恐懼之極的表情，才開始放聲慘呼，抱著臉衝出去，卻一頭撞在樹上，跌下去再也爬不起來。

鳳娘也嚇呆了。

剛才那道閃電般的寒光，忽然而來，又忽然而去了。

空山寂寂，不見人影，彷彿什麼事都沒有發生過。

可是那個人卻已明明倒下，忽然間就真的變成瞎子。

鳳娘不住放聲大呼：「我想看看你，你能不能讓我看看你？」

空山寂寂，沒有回應。

鳳娘實在快嚇瘋了，不顧一切的跳起來，濕淋淋的穿上衣服，狂奔回去。

這一路上總算沒有意外，她總算又奔回了那神秘的小屋。

雖然她又怕、又累，卻還是不願吵醒千千和曲平，等到自己的喘息稍微平靜了些，才悄悄的推開門，回到自己的房間。

房裡一片黑暗。

幸好她還記得火種在哪裡，很快就燃起了燈，光明溫暖的燈光，總會使人覺得安全。可是燈光一亮起，她就失聲驚叫了起來。

她房裡竟赫然有個人。

一個臉色慘白的素衣人，動也不動的坐在角落的椅子上，一雙眼睛也是慘白色的，看不見眼珠，也看不見瞳仁。

這人竟然也是個瞎子。

二

千千和曲平也來了。

其實他們也沒有睡，鳳娘回來的時候，他們都知道。但他們卻不知道這瞎子是什麼時候來的，他們也吃了一驚。

千千失聲道：「你是什麼人？」

這瞎子臉上全無表情，冷冷的反問：「你是什麼人？」

千千道：「你到這裡來幹什麼？」
瞎子道：「你到這裡來幹什麼？」
千千怒道：「現在是我在問你！」
瞎子道：「我也知道現在是你問我，只不過這話卻是我應該問你。」
他冷冷的接著道：「這是我的家，你們是什麼人？到這裡來幹什麼？」
千千說不出話來了。有時候她雖然也會不講理，可是這一次她卻連一句強詞奪理的話都沒法子說出口。
她們實在連一點道理都沒有。
她也相信這瞎子並沒有說謊，像這麼樣一棟房子，當然絕不會沒有主人。
這地方什麼都有，就是沒有燈，只因爲這地方的主人是個瞎子。
瞎子當然用不著點燈。
曲平陪笑道：「我們是到這裡來遊山的，只想暫時在這裡借住幾天！」
瞎子道：「我不管你們是幹什麼的，只希望你們快走。」
曲平道：「我們能不能多住幾天？」
瞎子道：「不能。」
曲平道：「我們願意出租金，不管你要多少都行。」
瞎子道：「不管你出多少都不行。」
千千又火，大聲道：「難道你要我們現在就搬走？」

瞎子在考慮，終於說道：「好，我再給你們一天，明天日落之前，你們一定要走。」

他慢慢的站起來，用一根白色的明杖點地，慢慢的走了出去，嘴裡彷彿在喃喃自語：「其實你們還是快走的好，再不走，只怕就要有大難臨頭了！」

外面依舊一片黑暗。

瞎子一走出去，忽然消失在黑暗裡。

一個瞎子怎麼會住到深山中來？怎麼能將這地方收拾得這麼乾淨？

曲平嘆了口氣，道：「這瞎子一定不是普通人，我們……」

千千冷笑道：「你是不是想勸我們快點走？」

曲平不否認。

千千道：「我們當然是要走的，反正這種鬼地方，我早就已住不下去了！」

她在跟曲平說話，眼睛卻盯著鳳娘。

鳳娘看起來就好像剛從水裡撈起來。

一個人三更半夜跑出去幹什麼？怎麼會掉到水裡去？

鳳娘自己也知道自己這樣子難免要讓人疑心，可是千千卻連一句都沒有問。

不問比問更糟。

她知道她們之間距離已愈來愈遠了。

夜更深。

鳳娘本來以爲自己一定睡不著的，想不到忽然就已睡著。

她睡得並不沉。

暈暈迷迷，她覺得自己身邊彷彿多了樣東西，這樣東西竟彷彿是個人。

這個人睡在她旁邊，身材彷彿很矮小，身上帶著種很奇異的香氣。

她想叫，卻叫不出來，想動，也動不了。

這個人彷彿在抱著她，親她的臉、親她的嘴。

她又急，又怕，身體卻起了種奇怪的反應，她想睜開眼睛看看這個人是誰？是不是無忌？

她眼睛睜不開，隨便怎麼樣用力都睜不開。

她彷彿聽見這個人在說：「你是我的，除了我之外，任何人都不能碰你！」

聲音明明在她耳畔，卻又彷彿很遠。

這個人是不是無忌？聽起來爲什麼不像是無忌的聲音？

她忽然又睡著了，醒來時一身冷汗。

三

她是被一陣敲門聲驚醒的，當然是曲平去開門。

敲門的居然又是昨天晚上那瞎子，曲平很意外！

「你是不是又來催我們搬走？」

更意外的是，瞎子居然搖搖頭，道：「你們不必搬走了。」

這瞎子主意變得好快。

曲平幾乎不相信，道：「你是說，我們又可以住下去了？」

瞎子道：「隨便你們喜歡住多久，就可以住多久。」

曲平忍不住問：「你爲什麼忽然改變了主意？」

瞎子道：「因這房子也不是我的。」

曲平道：「這房子的主人是誰？」

瞎子道：「是個朋友。」

曲平道：「朋友？誰的朋友？」

瞎子不回答。

但是曲平已想到了那些用水晶做罩子的燈，和逸華齋的醬肉。

曲平覺得呼吸間有點冷，卻還是不能不問：「那位朋友答應我們留下來？」

瞎子道：「他有條件。」

曲平道：「什麼條件？」

瞎子道：「今天晚上他要來吃飯。」

曲平怔住。

這條件他實在不敢答應，卻又不能不答應。

不管怎麼樣，你住了人家的房子，人家要來吃頓飯，總不能算是苛求。

問題只有一點。

那位「朋友」，究竟是個什麼樣的朋友？

曲平還在猶疑，千千已經衝出來：「他要吃什麼？」

瞎子道：「隨便吃什麼都行，他知道你們這裡有位衛姑娘，能燒一手好菜。」

黃昏。

鳳娘在準備晚飯的菜。

風雞、臘肉、香腸，都已經上了蒸鍋，鹹魚是準備用油煎的。

剛拔下來的蘿蔔可以做湯，雖然沒有鮮肉排骨，用鹹魚肉燒起來也一樣很鮮。

還有兩條剛從池裡撈出來的鯉魚，她本來是想做湯的，可是後來想一想，還是清蒸的好。

鮮魚如果燒得太久，就會失去鮮嫩，不鮮不嫩的鯉魚，就好像木頭一樣索然無味。

如果是鯽魚，她就會用來做湯了。

配菜也是種學問。

一些並不太好的菜料，在一個很會做菜的人手裡，就好像一把並不太好的劍，握在一個很會用劍的人手裡一樣。

對於這一點，鳳娘很有把握。

但是她炒菜的時候，心裡卻一直很不安定。

——這屋子的主人，究竟是個什麼樣的人？

——究竟是「人」？還是鬼魂？

——他是不是無忌？

——如果不是無忌，會是誰，爲什麼對她這樣好？只要她說出口，總是有求必應。

鳳娘在洗豆莢。

用紫紅色的香腸，炒青綠色的豆莢，也是樣色、香、味俱全的好菜。

千千在切香腸，忽然回過頭，盯著她，問道：「你是不是我的嫂子？」

鳳娘心裡在嘆息！

雖然她覺得千千不應該問她這句話的，她卻不能不回答：「我永遠都是你的嫂子！」

千千道：「那麼你就應該告訴我，今天晚上要來吃飯的人是誰！」

鳳娘道：「我怎麼會知道他是誰？」

千千用力切下一片香腸，板著臉道：「你怎麼會不知道，難道他不是你的朋友？」

鳳娘閉上眼睛，生怕自己流下淚來，縱然她有淚，也只能在腹中流。

她又想到了昨天晚上那個絕不可能向任何人訴說的噩夢。

那奇異的香氣，那灼熱的嘴——

他究竟是不是無忌？

如不是無忌，爲什麼要這樣子對她？

鳳娘的手雖然沒在冷水中，卻還是不由自主地在發抖。

就在這時候，她聽見外面有人在說話，正是那瞎子的聲音：「你們的客人，已經來了。」

鳳娘在炒豆莢，用已經切成片的香腸炒，她平生第一次炒菜忘了放鹽。

她心裡一直想著那位已經坐在前廳裡的「客人」——他應該算是客人？還是主人？她只希望能快點炒好這最後一樣菜，好到前面去看看他。

他究竟是個什麼樣的人，怎麼會有那種神奇的力量，能做到別人做不到的事？

她做夢也想不到這位神秘的客人，只不過是個小孩子。

貴客

一

這小孩高坐在上位，並沒有一點不安的樣子，就好像久已習慣了受人尊敬。他身上穿著的是件雪白的衣裳，質料高貴，一塵不染。他的態度也很高貴，蒼白的臉上帶著種王侯般的嚴肅表情。

這種蒼白的臉色，和這種冷淡嚴肅的表情，好像已成了貴族們特有的標誌。雖然他在盡量做出大人的樣子，可是年紀卻很小，最多也不過十二三歲。

看到鳳娘走進來的時候，他嚴肅冷淡的臉上，忽然起了種奇怪的變化，眼睛也露出灼熱的光。

曲平正在爲他們引見——「這位就是我們的貴客雷公子，這位就是能燒一手好菜的衛姑娘！」

這小孩好像根本沒有聽見他在說什麼，一雙灼熱的眼睛始終盯在鳳娘臉上。

如果是個大男人這樣盯著個女孩子看，無疑是件很失禮的事。他卻只不過是個小孩子。

鳳娘雖然覺得很驚奇，很意外，心裡的負擔卻減輕了。

昨天晚上那個人，當然絕不會是這個小孩，那也許只不過是個夢而已，又荒唐，又可怕的夢。

想到那個夢，她的臉又有些紅，等到她發現菜裡沒有放鹽的時候，臉就更紅。

可是這位小貴客卻好像對這道菜很感興趣，因爲別的菜他幾乎連碰都沒有碰。

他吃得很少，說得很少。事實上，他根本連一句話都沒有說，這屋裡的人除了鳳娘之外，在他眼中看來簡直都像是死人一樣，他連看都沒有看他們一眼。

他的眼睛一直沒有離開過鳳娘。雖然他只不過是個小孩子，鳳娘還是被他看得有點難爲情了。

千千看著他們的眼神，也讓她覺得很不好受。幸好這位貴客已經站起來，好像已準備要走，這頓可怕的晚宴總算已將結束。鳳娘心裡舒了口氣，這小孩子卻忽然道：「你陪我出去走走。」

他想要做什麼，就做什麼，竟全不顧別人對他的想法。

他認爲自己說出來的話就是命令，絕對不容人違抗。

鳳娘實在不知道怎麼辦才好，只希望千千能幫她說句話，千千卻顯然已決心不管他們的事。

這小孩還在看著她，等著她的答覆，眼神中帶著種熱切的盼望。

鳳娘在心裡嘆了一口氣，終於答應：「好，我陪你出去走走！」

她也像無忌一樣，從來不忍拒絕別人的要求，何況他畢竟是個孩子。

一個十二三歲孩子，能對她怎麼樣？

二

夜，繁星。

他們沿著銀帶般的泉水往上走，走了很久都沒有開口。

「這孩子實在很特別，很奇怪。」

鳳娘實在猜不透他心裡在想些什麼？有時他看起來還很小，有時看起來又比他實際的年齡要大得多。

又走了一段路，又快走到泉水源頭處那個水池了。

鳳娘忍不住道：「我們不要往上面走了，好不好？」

小孩道：「為什麼？」

鳳娘說不出，也不敢說，昨天晚上的事，直到現在還讓她心跳、害怕。

小孩盯著她，忽然道：「你用不著害怕，昨天晚上那個人，已經不在那裡。」

鳳娘吃了一驚：「你說是哪個人？」

小孩道：「就是那個忽然變成了瞎子的人。」

鳳娘更吃驚：「你怎麼會知道？」

小孩笑了笑，說道：「我怎麼會不知道。」

他笑容看來彷彿很神秘，又很得意。

鳳娘吃驚的看著他，試探著問道：「難道是你？」

小孩道：「當然是我。」

鳳娘問道：「是你刺瞎了那個人的眼睛！」

小孩淡淡道：「他是我們一個仇家派來找我們的人，我本來就不會放過他的，何況，他又對你那樣無禮。」

他的表情又顯得很嚴肅道：「只要有我在，就沒有人能欺負你。」

鳳娘又驚訝、又感激：「那些水晶燈也是你送去給我的？」

小孩點點頭，道：「逸華齋的醬肘子也是我送去的。」

鳳娘又盯著他看了很久，先嘆了口氣，然後又笑了：「我怎麼看不出你有那麼大的本事？」

小孩傲然道：「我的本事比你想像中還要大得多。」
鳳娘忽然覺得，他不但神秘，而且有趣極了，道：「那些醬肘子，你是怎麼弄來的？」
小孩道：「你不必管我用的是什麼法子，只要你說出來的事，我就能夠替你做到。」
鳳娘又感激，又高興。
這孩子對她實在很好，有這麼一個神奇的小孩做她的保護人，實在是件很有趣的事。
她忍不住要問：「你能不能告訴我，你叫什麼名字？」
小孩道：「我的名字就叫雷，雷電的雷。」
鳳娘道：「那麼你的姓呢？」
小孩臉上忽然露出很悲傷的表情，冷冷的道：「我沒有姓。」
他爲什麼會沒有姓？
難道他竟是個無父無母的孤兒，一生都不知道自己的姓氏麼？
鳳娘心裡立刻充滿了憐憫的同情，只覺得自己也應該像這孩子母親一樣來保護這孩子。
她輕輕的拉起了小孩的手，柔聲道：「那麼，我以後就叫你小雷。」
他的手心忽然變得滾燙，用力握住她的手，喃喃地說道：「你是我的，你是我的……」
也不知是因爲他那滾燙的手心，還是那雙灼熱的眼睛，她竟然覺得自己的心在跳。
她告訴自己：「他只不過是個孩子。」
可是他的手，他的眼睛，都已不像是個孩子。
她想掙脫他的手，又怕傷他的心，只有嘆聲道：「我知道你的意思，我願意做你的大姐姐。」

小雷道：「你不是我的姐姐。」

鳳娘道：「我不是？」

小雷道：「難道你不知道你是我的人了？自從昨天晚上之後，你就已經是我的人了。」

鳳娘的心又幾乎要跳出了脖子，失聲道：「昨天晚上是你！」

小雷點點頭，道：「你全身上下，每一個地方我都看過，每一個地方我都……我都……」

他的手心更熱，把鳳娘的手握得更緊。如果是千千，現在早已摔脫他的手，一個耳光打過去。

鳳娘不是千千。

鳳娘是個溫柔而善良的女人，正是中國典型女人的化身。

她很不忍傷任何人的心。

他只不過是個孩子，這只不過是種孩子氣的衝動，因爲他太孤獨，太寂寞，太需要別人的愛。

她希望她能讓他冷靜下來：「你做的事，我都可以原諒你，只要你以後記得千萬不要再那樣子做了。因爲我已經是有了丈夫的女人。」

小雷卻用力搖頭，大聲道：「我知道你沒有丈夫，你那個還沒有成婚的丈夫趙無忌已經死了，現在我已經是你的丈夫，除了我之外，誰也不能碰你。」

他忽然緊緊的抱住了她，就像昨天晚上一樣，親她的臉、親她的嘴。

她完全混亂了。

一種母性的溫柔，使得她不忍傷害這孩子，不忍去推他。

何況她要推也推不開。

另一種女性的本能，卻使她身體自然有了種奇妙的反應。

她全身也開始發熱，發抖，而對方卻只不過是個孩子。

她簡直不知道應該怎麼辦才好。

就在這時候，小雷忽然從她身上憑空飛起，就像是背後有根繩子忽然被人提了起來的木偶。

是不是真的有人把他提了起來？

鳳娘沒有看清楚。

她只看見了一灰白色的影子，在她眼前一閃而過，就消失在黑暗中。

小雷也跟著這影子消失。

三

一切又都已過去，彷彿什麼都沒有發生過——鳳娘是不是也能把它當做什麼事都沒有發生過？

面對著寂寞的空山，閃動的星光，她忽然覺得有種說不出的悲傷湧上心頭，卻不知是為了這樣的遭遇？還是爲了無忌的消息？

難道無忌真的忍心就這樣離她而去，連最後一面都不讓她再見？

無忌當然不願死，更不想死。

但是死亡就正如世上所有不幸的事一樣，通常都令人無可奈何，身不由主的。

鳳娘決心不再哭。

要哭，也要等到看見無忌時再哭。

不管他是死也好，是活也好，等她看見他時，她都要大哭一場。

那麼現在又何必哭？現在她就算哭死也沒有用。

她擦乾眼淚，站起來，忽然發現有個人正站在她面前冷冷的看著她。

這個人當然不能用眼睛看她，因爲這個人就是昨天晚上的那個瞎子。

可是這個人卻偏偏像是在看著她，用那雙看不見的眼睛看著她，忽然問道：「你想不想再見趙無忌？」

鳳娘一顆心立刻拎起：「你知道他在哪裡？」

「你跟我來。」瞎子轉過身，那根白色的明杖點地，慢慢的向前走。

鳳娘想也不想，就跟著他走。瞎子穿過一片疏林，又來到那泉水盡頭的小水池旁。

「就在這裡？」

「是的！」

小池邊卻沒有人，只有一口棺材，嶄新的，漆黑的棺材。難道無忌就在棺材裡？

棺材是空的。

「無忌呢？」

「你想見無忌，就睡下去。」

「睡進棺材去？」

「是的。」

活人為什麼要睡到棺材去？是不是因為別人已將她當作個死人？瞎子臉上全無表情，誰也看不出他心裡在打什麼主意。可是只要是能見到無忌，就算要她死，她也是心甘情願的！

她睡了下去，睡進棺材裡。

活埋

一

棺材的蓋子已經蓋了起來，接著，棺材就被抬起。

這瞎子難道準備把她活埋？

鳳娘還是很清醒的，恐懼總是能令人清醒。她感覺到抬棺材的絕不止一個人，因為棺材抬得很平穩，走得很快。

開始的時候，他們走的路還很平坦，然後就漸漸陡峭。

雖然躺在棺材裡，她還是可以感覺到愈來愈冷，顯見他們是在往上走，走了很長的一段路，算來已經接近山頂。

但是他們並沒有停下來，走的路卻更奇怪，有時向上，有時很直，有時很曲折。

聽他們腳步的聲音，有時彷彿走在砂石上，有時卻是堅硬的石塊。

外面的氣溫忽又轉變，變得很溫暖，彷彿走入了一個岩洞裡。

又走了一段路，外面忽然傳來幾聲奇怪的響聲，彷彿岩石在磨擦，又彷彿絞盤在轉動。

棺材雖然蓋得很嚴密，卻還是有通風的地方，她忽然嗅到了一種芬芳撲鼻的香氣。

這時候棺材已被輕輕的放下，好像是放在一片柔軟的草地上。

如果他們準備活埋她，爲什麼要走這麼一段路，選在這裡？

這裡究竟是什麼地方？

四下很安靜，聽不到一點聲音。

她躺在墨黑的棺材裡等了很久，外面還是沒有動靜，她敲了敲棺蓋，也沒有回應。

把棺材抬來的人放下她之後，就似已悄悄的退出去。

她又等了半天，終於忍不住把棺材的蓋子抬起，外面果然沒有人，連那瞎子都不見了。

她用力移動棺材，坐了起來，就發現自己彷彿已進入了一個神話中的夢境裡。

就算這不是夢，這地方也絕非人間。

這是個用大理石砌成的屋子，四面掛滿了繡滿金紅的大紅錦緞，門上掛著織錦的門帷。

在屋子的正面，有一個彷彿是天然洞穴一樣的神龕，裡面卻沒有供奉任何菩薩和神祇，只擺著一柄劍。

劍身很長，形式很古雅，絕沒有用一點珠寶來裝飾。和四面華麗的擺設顯得有點不襯。

難道這柄劍就是這地方主人信奉的神祇？

屋子裡燈火輝煌，燈火是從許多盞形樣奇巧的波斯水晶燈中照射出來的。

几上的金爐中散發出一陣陣芬芳撲鼻的香氣，地下鋪著很厚的波斯地氈，花式如錦繡，一腳踩下去，就像踩在春天柔軟的草地上。

鳳娘雖然也生長在富貴人家，卻從來也沒有看見過這麼奢侈的地方。

驚奇使得她幾乎連恐懼都忘了，她一面看，一面走，忽然發出了一聲驚叫。

她又碰到了一口棺材。

一口用古銅鑄成的棺材，一個人筆筆直直的躺在棺材裡，雙手交叉，擺在胸口，雪白的衣裳一塵不染，慘白枯槁的臉上更是連一點血色都沒有，看來已死了很久。

她是被人用棺材抬進來的，這裡居然另外還有口棺材。

難道這地方只不過是個華麗的墳墓？

二

鳳娘只覺得手腳冰冷，一種出於本能的反應，使得她想找樣東西來保護自己。
她想到了那柄劍。
她轉身衝過去，手指還沒觸及劍柄，忽然聽到一個人說：「那柄劍碰不得！」
聲音既冰冷又生澀，赫然竟像是從那口古銅棺材裡傳出來的。
鳳娘嚇得全身都已僵硬，過了很久，又忍不住回頭去看。
棺材裡那個死人竟已站了起來，正在用一雙水晶燈般閃爍光亮的眼睛看著她，一字字道：
「除我之外，天下沒有人能動那柄劍！」
他的聲音中帶著種令人絕不能相信的懾人之力：「誰動，誰就死！」
鳳娘道：「你……」
這人說道：「我不是死人，也不是殭屍。」
他聲音裡又露出尖銳的譏諷：「有很多人，都認為我已經死了，可惜我還沒有死。」
鳳娘舒了口氣，忍不住問道：「這地方是你的？」
這人道：「你看這地方怎麼樣？」
鳳娘喃喃道：「我不知道，我簡直不知道應該怎麼說。」
她想了想，又道：「我也沒有到皇宮去過，可是我相信這個地方一定是比皇宮更漂亮。」
這人忽然冷笑道：「皇宮？皇宮算什麼？」

皇宮的華麗、帝王的尊貴，在他眼裡看來，竟算不了什麼。

鳳娘忽然鼓起勇氣，道：「我有句話要問你，不知道你肯不肯告訴我。」

這人道：「你問。」

鳳娘道：「你究竟是什麼人？」

這人沉默著，慢慢的轉過身，去看掛在棺材外面的一副對聯！

「安忍不動如大地，

靜慮深思似秘藏。」

鳳娘反覆看了幾遍，苦笑道：「我看不懂。」

這人道：「這是地藏十輪經上的兩句經文，地藏菩薩因此而得名。」

鳳娘吃驚的看著他，道：「難道你就是地藏菩薩？」

這人緩緩道：「這兩句話雖然是佛經上的，但是也包含著劍法中的真義。」

他的眼睛更亮：「普天之下，能懂得這其中真義的，只有我一個人。」

鳳娘還在等著他回答剛才的問題。

這人又道：「這裡就是地藏的得道處，他雖然得道卻決不成佛，而是常現身地獄中。」

他的目光忽又黯淡：「這二十年來，我過的日子，又何嘗不像是在地獄中。」

鳳娘道：「那麼你……」

這人終於回答了她的問題：「我不是菩薩，但是我的名字就叫地藏，其他的你都不必知道，知道了對你沒有好處。」

鳳娘不敢再問了。
她已看出這人一定有段極悲慘的往事，他的身世來歷一定是個很大的秘密。
這人彷彿已經很久沒有說過這麼多的話了，彷彿忽然覺得很疲倦。
鳳娘正想問他：「是不是你要那瞎子送我來的？無忌的人在哪裡？」
他卻又躺入棺材，閉上眼睛，雙手交叉，擺在胸口，連動都不動了。

鳳娘不敢驚動他。
——別人需要休息睡眠的時候，她從沒有因爲任何原因去驚動過任何人。
她坐下來，眼睛看著這屋裡兩扇掛著織錦簾帷的門。
她很想出去外面看看，可是，這是別人的家。
——她從來沒有在別人家裡隨便走動過，不管是誰的家都一樣。
她當然也不能就像這麼樣坐在這裡躭一輩子。
幸好瞎子又出現了。
他掀起那織錦門帷走進來，只說了一個字：「請。」
這個字就像是某種神奇的魔咒，讓鳳娘不能不跟著他走。
門後是另一個夢境，除了同樣華麗的佈置外，還多了一張床。
瞎子道：「從今天起，這間房就是你的，你累了，可睡在這裡，你餓了，只要搖一搖放在床頭的這個鈴。隨便你想吃什麼，都立刻有人送給你。」

他說的就像是神話。

每個人都難免有好奇心，鳳娘忍不住問：「隨便我要吃什麼？」

她想到了逸華齋：「如果我想吃逸華齋的醬肘子呢！」

瞎子用事實回答了她的話，他出去吩咐了一聲，片刻後她要的東西就送來了。

鳳娘不能相信：「這真是從京城逸華齋買來的？」

瞎子道：「逸華齋的醬肘子，已經不是真的，他們那個鐵鍋和原汁，已經被我用九千兩銀子買來了。」

鳳娘道：「狗不理的包子呢？」

瞎子道：「在那裡做包子的大師傅，多年前就已在我們的廚房裡。」

聽起來這也像是神話，卻絕對不是謊話，這至少解釋很多本來無法解釋的事。

鳳娘道：「我並不想知道狗不理的大師傅在哪裡，我只想知道無忌在哪裡？」

瞎子道：「等到你應該知道的時候，你就會知道的。」

他死灰色的眼睛裡一片空茫，也不知隱藏了多少秘密。

鳳娘沒有再問。

她是個很懂事的女人，她知道世上很多事都是這樣子的，都要等待時機。

如果時機未到，著急也沒有用。

但是她卻可以問：「你爲什麼要花九千兩銀子去買個鐵鍋？」

瞎子道：「我買的不是鐵鍋，是那一鍋陳年的鹵汁。」

鳳娘道：「我知道那鍋汁很了不起，據說就算把一根木頭放下去鹵，吃起來也很有味道。」

瞎子淡淡道：「我們鹵的不是木頭，是肉。」

鳳娘道：「你花了九千兩銀子，爲的就是要買那鍋汁來鹵肉？」

瞎子道：「是的。」

如果是千千，她一定會問：「你們是不是想開家醬肉店，搶逸華齋的生意？」

鳳娘不是千千，所以她只問：「爲什麼？」

瞎子道：「因爲我的主人隨時都可能想吃。」

鳳娘道：「你爲什麼不去買？」

瞎子道：「因爲就算是騎最快的馬，晝夜不停的奔馳，也要二三十個時辰才能買得回來。」

鳳娘道：「你試過？」

瞎子道：「只試過一次。」

鳳娘道：「那一次你就連那鍋鹵汁也買回來了？」

瞎子道：「是的。」

鳳娘道：「只要是你主人想吃的，你隨時都有準備？」

瞎子道：「是的。」

鳳娘道：「如果他想吃……」

瞎子冷冷道：「如果他想吃我的鼻子，我立刻就會割下來，送到他面前去。」

鳳娘說不出話了。

瞎子道：「你還有什麼事要問？」

鳳娘終於嘆了口氣，道：「其實我並不是真的想問這些事。」

瞎子道：「我知道你真正想問的是什麼。」

鳳娘道：「你知道？」

瞎子道：「你想問我，他究竟是誰？怎麼會有這麼大的權力？」

鳳娘不能否認。

她忽然發現瞎子雖然連眼珠都沒有，卻能看透她的心。

瞎子道：「你是個很有教養的女人，很溫柔，很懂事，從來不會說讓人討厭的話，更不會做讓人討厭的事，爲了別人你寧可委屈自己。」

他居然也嘆了口氣，又道：「像你這樣的女人，現在已經不太多了。」

這本來是句恭維讚美的話，可是他的口氣中卻帶著種說不出的悲傷惋惜。

他那雙什麼都看不見的眼睛裡，彷彿已看到了她未來的不幸。

這瞎子第二次進來的時候，已經是兩天之後了。

鳳娘並不能確信是不是真的過了兩天，這地方無疑是在山腹裡，根本分不出晝夜。

她只知道屋角那銅壺滴漏，已經漏出了二十幾個時辰。

她覺得很衰弱。

因為她沒有吃過一粒米、一滴水。

雖然她知道只要搖一搖床頭的鈴，就可以得到她所想要的任何飲食。

可是她沒有碰過那個鈴，這屋裡任何一樣東西她都沒有碰過。

雖然門沒有鎖，她只要掀開那織錦的帷簾，就可以走出去。

可是她寧可待在這裡。

因為她從來不願做她明明知道做了也沒有用的事。

雖然她很溫柔，很懂事，很能夠委屈自己，可是她不願做的事，也從來沒有人能勉強她去做。

瞎子彷彿又在「看」著她，可是這一次他也看不透她了。

鳳娘對他還是很溫柔，很有禮，一看見他就站起來，道：「請坐。」

瞎子沒有坐，卻掀起了門帷，道：「請。」

鳳娘並沒有問他這次準備帶她到哪裡去，對任何事她好像都已準備逆來順受。

她走出這扇門，就看見那個自稱為「地藏」的白衣人已在廳裡等著她。

桌上擺滿了豐富的酒菜，兩個石像般站在桌旁的崑崙奴，手裡托著個很大的金盤，堆滿了顏色鮮艷、成熟多汁的水果，有并州的梨、萊陽的棗、哈蜜的瓜、北京的石榴、南豐的蜜橘、海南島上的香蕉和菠蘿蜜。

他坐在飯桌旁，雖然沒有站起來，態度卻顯得很和氣，就連那雙眼睛中利刃般閃動的光芒，都已變得溫和起來。

在這一刻間，他看來已不再是詭異的殭屍，而是個講究飲食的主人。

他對面還有張鋪著銀狐皮墊的椅子，雖然是夏日，在這陰寒潮濕的地底，還是很需要的。

他說：「請坐。」

鳳娘坐下來。

擺在她面前的晚餐是她生平從未見過的豐盛菜餚。

白衣人凝視著她，緩緩道：「你是個很奇怪的人，無論誰在你這種情況下，都一定不會像你這麼樣做的。」

鳳娘笑了笑，道：「其實我什麼事都沒有做。」

白衣人道：「你也什麼都沒有吃。」

他慢慢的接著道：「一個人如果不想吃，誰都不能勉強他，也無法勉強他。」

鳳娘道：「我也是這麼想。」

白衣人道：「如果我告訴你一件事，不知道你會不會改變主意？」

鳳娘等著他說出來。

白衣人道：「趙無忌並沒有死，你遲早一定可以看見他的。」

鳳娘盡量控制自己，在飯桌上顯得太興奮激動，是件很失禮的事。

白衣人道：「我保證一定讓你們相見，我一生中從未失信。」

鳳娘什麼話都沒有再說，什麼話都沒有再問。

她舉起了筷子。

白衣人也像小雷一樣，吃得非常少。

鳳娘吃得也不多。

一個已經餓了兩三天的人，驟然面對這麼樣一桌豐盛的酒菜，本不該有她這麼樣優雅和風度。

她卻是例外。

因爲她自己知道自己根本沒有力量反抗別人，只有用她的意志。

她無論做什麼事，都盡量克制自己。

白衣人看著她，目中帶著讚賞之色，緩緩道：「你應該看得出我是個很好吃的人，但是我卻不能吃得太多，而且時時刻刻都需要休息。」

他語聲停頓，彷彿在等著鳳娘問他原因。

鳳娘果然適時問道：「爲什麼？」

白衣人道：「因爲我中了毒。」

鳳娘動容道：「你幾時中了毒？」

白衣人道：「幾乎已經快二十年。」

他的神情忽然變得悲憤而沮喪：「那實在是種很可怕的毒，這二十年來，時時刻刻都在糾纏著，每年我都要去求一次解藥，才能保住我的生命，只不過我還是不能太勞累，更不能妄動真力，否則毒性一發作，連那種解藥也無能爲力。」

無論誰都可以看出他是個多麼驕傲的人，現在居然對鳳娘說出了他不幸的遭遇。

這使得鳳娘不但同情，而且感激，柔聲道：「我想，這些年來你一定受了不少苦。」

白衣人居然避開了她的目光，過了半晌，忽又冷笑道：「那解藥並不是我去求來的，而是憑我的本事去換來的，否則我寧死也不會去求他。」

鳳娘雖然不知道他和蕭東樓之間的恩怨，卻絕不懷疑他說的話。

白衣人目中又射出精光，道：「昔年我一劍縱橫，殺人無數，仇家遍佈天下，就是跟我沒有仇的人，也一心想要我的頭顱，因爲無論誰殺了我，立刻就可以用我的血，染紅他的名字。」

他又在冷笑，道：「只可惜我絕不會讓他們稱心如願的。」

鳳娘現在終於明白，他時時刻刻都像死人般的僵臥不動，並不是爲了嚇人，而是生怕毒性會忽然發作。

他像死人般住在地下，以棺材爲起居處，也並不是在故弄詭秘玄虛，而是爲了躲避仇家的追蹤。

她忽然覺得這個人一點都不可怕了，非但不可怕，而且很可憐。

因爲他雖然沒有死，卻已等於被活埋了。

請續看【白玉老虎】中冊

古龍精品集 13

白玉老虎（上）

作者：古龍
發行人：陳曉林
出版所：風雲時代出版股份有限公司
地址：10576台北市民生東路五段178號7樓之3
電話：(02) 2756-0949　　傳真：(02) 2765-3799
封面原圖：明人出警圖（原圖爲國立故宮博物館典藏）
封面影像處理：風雲編輯小組
執行主編：劉宇青
行銷企劃：林安莉
業務總監：張瑋鳳
出版日期：古龍80週年紀念版2019年1月
ISBN：978-986-146-341-4

風雲書網：http://www.eastbooks.com.tw
官方部落格：http://eastbooks.pixnet.net/blog
Facebook：http://www.facebook.com/h7560949
E-mail：h7560949@ms15.hinet.net
劃撥帳號：12043291
戶名：風雲時代出版股份有限公司

風雲發行所：33373桃園市龜山區公西村2鄰復興街304巷96號
電話：(03) 318-1378　　傳真：(03) 318-1378
法律顧問：永然法律事務所 李永然律師
　　　　　北辰著作權事務所 蕭雄淋律師

行政院新聞局局版台業字第3595號 營利事業統一編號22759935

定價：240元　　**版權所有　翻印必究**

國家圖書館出版品預行編目資料

白玉老虎／古龍作.　--　再版.　-- 臺北市：
風雲時代，2007〔民96〕
　冊；　公分.　--（古龍武俠名著經典系列）
　ISBN: 978-986-146-341-4（上冊：平裝）
　ISBN: 978-986-146-342-1（中冊：平裝）
　ISBN: 978-986-146-343-8（下冊：平裝）
857.9　　　　　　　　　　95023858